JN094745

女だろ！

江戸から見ると

田中優子

青土社

女だろ！　——江戸から見ると　目次

I　江戸から見ると 2020年

Ⅱ　江戸から見ると 2021年

女だろ！

——江戸から見ると

まえがき

「女だろ！」とはなにごとだ、と思わずいきどおってしまう題名である。これは本書一一八ページに掲載されている、連載コラム「江戸から見ると」（毎日新聞二〇二一年一月二七日夕刊）に書いた一文の題名だ。その意味は読んでいただくとわかるわけだが、この言葉だけを聞くと、さまざまなシーンが思い浮かぶ。

例えば「女なんだから行儀良くしろ！」とか、「女なんだから料理ぐらい自分で作れ！」とか……。後者のシーンは本書の「七夕とポテサラ」（七四ページ）に書いた。「母親ならポテトサラダぐらい自分で作れ」と、スーパーで見も知らぬ女性に言い放ったおじさんの話である。「女」という言葉一つで、物語は多様に生まれる。

本書の題名になった「女だろ！」の一文はその逆で、元気づけ励ます目的でそう言われたとしても、ちっとも励まされないのはどうしてか？という話なのである。「男だろ！」であれば、もっと頑張れ、男ならやってみろ、という意味になる。このコラムが毎日新聞に掲載された一月の新春に、箱根駅伝が開催された。その時、ある大学の監督が「男だろ！」と選手に呼びかけたことが話題になり、インタビューでその感想を聞かれたのだ。そこで私も気がついた。この場合の「男」は「自己制御できる人間」「立派な人間」「頑張れる人間」という意味なのである。しかし「女」には、そういう意味がない。「女だろ！」と言われても「立派な人間になれ」とか「頑張れ」という意味にはならない。なぜなのだろうか？

　結局、「頑張る男を支える女」だからかもしれない。そこで、本書掲載の一文では、「女だろ！」と言われて、そこに新しい毅然とした女性がイメージできるような、そういう女性像が作られることを望んだ。

　しかし私はそう書きながら、それでいいのか？と疑ってもいる。人類はすべて「男」と「女」に分類できるわけではない。どちらでもない人々も、古代からいる。だから私が監督なら、「全力で自分を発揮しろ」と言っただろう。平塚らいてうは、女性の自由解放とは自分の中の天才（才能）を発揮することで、男と競争することではない、と書いた。その通りなのだ。

本書は毎日新聞の連載コラム「江戸から見ると」の二〇二〇年と二一年の二年間をまとめている。「江戸から見ると」は法政大学総長になった翌年、二〇一五年四月から始まった。一五年から一七年の連載は『江戸から見ると1』として、一八年から一九年の連載は『江戸から見ると2』として、本書と同じ青土社から刊行された。そして本書はその後の、二〇年と二一年の二年間を収めている。この三冊目は所収した一文の題名を本の題名としたが、つまりは『江戸から見ると3』なのである。

二〇二〇年と二一年は、コロナパンデミックの真っ最中であった。大学はさまざまな苦境に立たされた。しかしもっとも被害を受けたのは学生たちだった。学生たちを感染させてはならない。授業は閉鎖を余儀なくされた。友人を作れない状況を、大学が生み出してしまった。それでもリモートで、学生たちは本当によく耐えて学んでくれた。私はこの間、特に新入生たちに向かって「総長から皆さんへ」という文章を、大学のホームページで書き続けていた。本書を読むと、その頃の苦渋が蘇ってくる。

二〇二一年三月末日、私は任期を終えて総長を退任した。同時に教員も退職した。そして、その数年前から続いていた母の在宅介護と成年後見人の生活に、いよいよ本格的に入っていった。その時に社会や世界について思い巡らしていたことが、ここに記録されている。江戸の価値観から見た、私の現代社会への思いである。

I　江戸から見ると 2020年

東京物語に呼応して

他紙のことで恐縮だが、東京新聞に「私の東京物語」という連載コーナーがあり、新年最初の連載をさせていただいている。私は横浜生まれなので、東京での幼児体験がない。しかし一八歳からは法政大学における東京体験があり、江戸文化に出会った二〇歳からはそれが江戸体験となった。

書いてみて改めて考えてしまったのは、「東京」という全く新しい名前がついた理由である。大坂＝大阪も、京＝京都も変わっていない。江戸だけが歴史のかなたに退けられ、東の京となった。「京」とは北京、南京と同じで、中国語で首都の意味である。西京も中国には複数あった。東京という地名もすでにあって、今でもトンキン湾と言うように、ハノイの古名である。そう考えると東京という名付けはいかにも安易で間が抜けているように感じる。

江戸時代では江戸特有の文化に東を意味する「あづま」という和語を使い、例えば江戸で生まれた多色刷り浮世絵は「あづま錦絵」と言った。入り江の門（入り口）を意味する和語の「えど」は、山の門を意味する「やまと」に呼応していて、地理的な特徴をよく表している。なぜ東京が安易かというと、新しい時代に和語で何をどう表現するかを考えることなしに、漢語に依存したからである。

江戸時代は中国の学問にどっぷりつかり、だからこそ日本語研究が深まって国学が生まれた。やまと言葉によって創造した和歌の世界とそれを基礎とする平安文化は、江戸時代に創造的な改変をされ、俳諧、狂歌、擬古文、物語類、それらを使った絵画、工芸デザイン、歌舞伎が江戸文化をつくった。

「東京」はそれらを皆捨てたかったのだろうな、と思う。しかし今の東京にも江戸への入り口がそこかしこに開いている。私を含め心は江戸に暮らす人々もいる。すごい江戸人もいた。先述の連載ではそんな場所と人を紹介している。

（'20・1・8）

河鍋暁斎の嵐の中で

昨年一二月四日のこのコラムで「曽我蕭白が現代アートになる日」という文章を書いた。そこでは、江戸美術と写真家・十文字美信氏の写真を組み合わせた新しいアートの出現について書いた。

それを企画したコレクターの加納節雄氏がこんどは、松岡正剛氏の編集工学研究所にしつらえられた書籍二万冊を収める天井高四メートル強のスペース「本楼」に、個人蔵の河鍋暁斎作品約一五〇点を林立させたのである。この「本楼」は単なる書斎ではない。吉田玉男氏が文楽を演じ、小堀宗実氏が本茶会を開催し、本條秀太郎氏が三味線の会を催し、NHKもスタジオ代わりにしたところだ。この河鍋暁斎展の日は、まさに「曽我蕭白が現代アートになる日」が毎日新聞に掲載された一二月四日であった。

河鍋暁斎は江戸時代と明治をまたいで生きた人で、浮世絵師の歌川国芳や狩野派の前村洞和、狩野洞白の門に入り、土佐派や琳派も学んだ。当時身につけられるありとあらゆる型を身体に入れたのである。とりわけ国芳の精神を受け継いでいる。国芳は幕府をからかった妖怪図や、遠近法と陰影法による西洋画、そして「壁のむだ書き」だとして幕府の役者似顔絵禁止令を笑い飛ばしてやり過ごし哄笑(こうしょう)を引き起こすなど、自由自在な活躍をした。暁斎はそれを上回って「その手に描けぬものなし」と驚嘆されたのである。

この暁斎展では、新たな発見があった。作品が水墨中心だけに筆致が自由で精神の運動がそのまま表れている。その動きは、絵を描くことが心底楽しそうなのだ。登場人物もことごとく笑い、暁斎の笑い声が一五〇回分聞こえてくるような展覧会だった。

加納節雄氏は絵画のコレクションを暁斎まで、とした。最後の江戸絵師だから、という。その考えに納得する。ジョサイア・コンドルや小林清親が弟子入りした。しかし暁斎の後は近代絵画の時代になるのである。

（'20・1・15）

数学と暦学と天文学

一月二五日は旧暦の元日である。江戸時代は、この日から新春であった。ところで、旧暦はどのように作られたのだろうか。基本は中国の暦に沿っている。しかし中国とは経度が異なるからずれが生じる。さらに、長い間暦が変わらないことで誤差が蓄積される。詳細な計算と改暦の試みが幾度かなされた。そして、ついに日本の経度に沿った改暦をおこなったのが、渋川春海である。この人、囲碁の家元、安井家の人で、第二代の安井算哲でもある。数学、暦学、天文学を同時に研究するのが当時の天文学者であった。

そのような話を核にしたシンポジウムを昨年一二月上旬に、法政大学江戸東京研究センター主催で、理系の学部が集まっている小金井キャンパスでおこなった。小金井キャンパスには天文台と巨大望遠鏡があるからだ。

江戸の天文学と言えば、国立天文台で長く研究なさっていた中村士（つこう）さんである。中村さんに、日本の天文学の歴史を古代から江戸時代まで話していただいた。その後のシンポジウムには、本学理工学部の元教授で、銀河天文学と観測的宇宙論の専門家、岡村定矩・東京大名誉教授に加わっていただき、話は小金井キャンパス周辺にある国立天文台や多摩六都科学館、情報通信研究機構などに及んだ。かつてはススキと月の名所、武蔵野である。今もなお天文学の場としての個性をもっていることに、改めて気づいた。

江戸には算額というものがある。数学の課題を提起し、あるいはそれを解いて額や絵馬に記し、神社に奉納するのだ。神社に行けば、誰でもアクセスできる。いわばツイッターである。関孝和のような算額を使いこなしていた数学者が、天体の動きから計算して暦を検討した。伊能忠敬は天文学を学び、天体の動きから測って地図を作製した。学問は相互のつながりがあってこそ、新しい発想を得るようだ。

（'20・1・22）

不安から自立へ

ＴＢＳの「サンデーモーニング」は新年一回目に特番を組む。今年は「〝幸せ〟になれない時代?～分断と格差 深まる世界～」というテーマだった。二〇一九年の世界の混乱、覇権国・米国の盛衰と世界の分断を指摘した内容で、なぜこれほど「不安」が社会を覆っているのか、という問いでもあった。

私は三つのことを述べた。第一は、難民支援のありかただ。単なる経済支援や移民政策ではなく、難民自身が経済的に自立するための支援が必要である。オックスフォード大学難民研究センターの小俣直彦准教授から、難民自身の経済活動について伺ったことがある。その分野の専門家はまだ小俣さん以外にほとんどいない、ということだ。難民排斥の理由は経済援助や仕事の奪い合いへの不安だが、ならば難民が職能を身に付けて自立できるようにしていくことが、共に生きていく道なのである。

第二に格差の問題を述べた。富裕層の富が貧困層を潤すトリクルダウンを信じる人はもういないだろう。それを実現しようとするなら国家の強い決断による累進課税と富の再配分が必要だが、日本も米国もそれをしてこなかった。格差とその不安は、富裕層にからめとられている政治家のありように由来する。

第三には急激なグローバリゼーションと多様化に、人の理解が追い付いていないが故の不安であることを述べた。まずは自分たちが立っているその足もとを固める必要がある。そのために高い自給率を確保して安定的な生活を取り戻すことが重要な点であろう。

これらを江戸から考えてみると、問題の核は「自立」であることがわかる。グローバルな状況の中でも、国や商いや生活の自立は実現できていた。今の日本は他国への依存と数字上の経済発展のみが頼りだ。自立できる生活とコミュニティーの安定という、本来の富を見直すことが必要だ。

（'20・1・29）

ヴェネツィア・東京

二月八日からイタリア・ヴェネツィアではカーニバルが始まる。その前のとても静かな一月一三、一四の両日、ヴェネツィア・カ・フォスカリ大学で開催されたシンポジウム「水都としての東京とヴェニス　過去の記憶と未来への展望」に参加した。カ・フォスカリ大学の言語比較文化学部と経済学部、そして法政大学江戸東京研究センターの主催である。

江戸東京研究センターの初代所長である陣内秀信名誉教授は、ヴェネツィアの研究者で、同時に江戸東京の研究者でもある。江戸を含めた水都研究は、法政大学の特徴的な研究分野なのだ。

今回、私の基調講演は「水辺の江戸文化」だった。芝居町も遊郭も戯作(げさく)も浮世絵も、多くの運河とそれを使った移動なしには語れない。水辺から見ると、まさにヴェネツィアのような都市だった。明治時代の永井荷風はそれをよく知っていて、たびたびエッセーに東京の水辺の記憶を書き、それが失われつつあることを嘆いている。

朝から夜までシンポジウムが続き、日中に歩く時間はほとんどなかった。しかしカ・フォスカリ大学の会場の外は運河の分岐点で、ベランダから見る夕暮れのヴェネツィアは、暗い炎色の光がまばらに点灯して静寂に包まれ、実に美しい。井上安治の描く明治初期の東京のようだった。江戸に帰りたい。

二〇人以上のイタリア人と日本人が江戸東京とヴェネツィアについての研究を英語で発表した。その中には、ヴェネツィアが昨年一一月に見舞われた浸水の問題も含まれていた。気候変動によって、これからのヴェネツィアと東京が経験する浸水リスクは確実に高まっていく。歴史的な都市景観を守り続けたヴェネツィアの努力は尋常なものではないが、それでも変化は免れない。歴史的景観をほとんど守れなかった東京は次々に変貌しながら、やがて大きな危機が訪れる。その危機感を共有しながらシンポジウムは閉じた。日本語版と英語版で刊行する予定である。

（'20・2・5）

多様性を生かす「配慮」

法政大学では二〇一八年度から「朝日教育会議」（朝日新聞社主催）を開催している。一八年度のテーマは本コラムでも紹介した「アバター for ダイバーシティ」だった。個人の内なる多様性をテーマにし、非常に新しく面白かった。『江戸とアバター』という書籍として、もうすぐ刊行される。

一九年度のテーマは「グローバリゼーション for ダイバーシティ」だ。グローバル化のめざすところは「多様性を認め合い、共存すること」である。そこで話題を「多様性」に絞った。私は江戸時代とその前後を取り上げつつ、近現代ではグローバリゼーションで、結局は差別構造と格差が生まれるという現実を話し、それを乗り越える必要があることを述べた。

元陸上選手としてアスリートと社会をつないでいる本学卒業生の為末大さんは、個の特長はいる場所によって、短所か長所かが決まると指摘。そこで多様性が生かされるには、それぞれが「自分をよく知る」ことが必要だ、という話をされた。一九年三月まで本学教授だった社会活動家の湯浅誠さんは「ダイバーシティーよりインクルージョンが大切」と、インクルージョンの訳語を示された。それは「配慮」である。ダイバーシティーが意味するところの「みんな違っていい」という考え方が若者に浸透した結果、分断と細分化が進み、「敬遠」「遠慮」「攻撃」という行動が表れていることを指摘する。だからこそ、対話し配慮する行動が必要になっている。

私は落語の「孝行糖」を思い出した。江戸時代の与太郎は親孝行だが、仕事ができない。周囲の人々は協力して与太郎にあめを売る商売を創り出し自立させる。障がいがあって社会に入れない人を排除するのではなく、その特長を生かし自立を助け社会に受け入れる。これこそがインクルージョンであり、配慮なのである。「多様性を生かすための配慮」という考え方を広めたい。

（'20・2・12）

能の霊的世界

法政大学に能楽研究所があることは以前にも紹介した。能楽研究で新分野を開拓した野上豊一郎博士の功績を記念したもので、六八年の歴史をもつ。この研究所では毎年、「観世寿夫記念法政大学能楽賞」と「催花賞」という二種の賞を贈呈する。今や能狂言の世界では大変権威ある賞となっている。

二〇一九年度の催花賞には、シテ方金剛流の宇高通成（みちしげ）氏が選ばれた。能面師でもあり、自ら打った面で能を舞う。国際能楽研究会を率いて英語で能を伝え続け、今では多くの外国人が本国に帰って能の指導をしている。

受賞あいさつの言葉を聞いて、私は江戸時代まであった能の本質にもう一度出合った気がして、それを伝えたくなった。多くの外国人と接していらした宇高氏は、外国人の関心は「一般には見ることができない霊的体験を仮面劇として演じること」にあり、その霊的なストーリー性である、と述べた。能は神や仏、柳や桜やカキツバタ、鶴や鬼をシテ（主人公）として登場させる。最も多く現れるのが亡霊たちであり、あの世から訴え事を語り、怨念の舞を舞う。これは江戸時代の物語や浄瑠璃、歌舞伎、詩歌、絵画の世界に通じるものだ。能は武士の教養として江戸社会に深く浸透した。その本質であるあの世とこの世の行き来は、江戸時代の人々の日常でもあった。

ワキ僧は「時空間の扇を広げること」でシテの心情を引き出す、と表現なさった。その時空間で夢と現と幽玄を舞うのがシテである。今は能面や装束の美に目を奪われ演者の技術に心を奪われるが、生と死を自由に行き来する魂のドラマこそが、国際的に評価される点であるとおっしゃった。

実は贈呈式の日、宇高氏は病で出席がかなわなかった。そこでご長男からこの言葉を伺ったのだが、その言葉の中で江戸時代の人々に見えていたものと、外国人から見えているものとの重なりに気が付いたのである。

（'20・2・19）

文人の日朝交流

江戸時代には日本と朝鮮との間に、政治外交とは別の、文化上の深い人的交流が存在した。そのことを、二〇二〇年度から韓国の壇国大学教授となる鄭敬珍さんは『交叉する文人世界——朝鮮通信使と蒹葭雅集図にみる東アジア近世』（法政大学出版局）で明らかにした。

焦点を当てたのは一七六四年の朝鮮通信使である。この年は大変な事件が起きた。対馬藩の通詞が大坂で通信使の一人を刺殺したのである。

通信使は来日の際、藍島に滞在した。福岡の儒学者、亀井南冥らがそこに訪ねる。その南冥の口から木村蒹葭堂のことが語られた。通信使たちが大坂に着くと、一日に八〇人以上が筆談に訪れ、詩の唱和を目的にした一三〇首余りの漢詩が届けられる。

その喧噪（けんそう）のなかで木村蒹葭堂とようやく出会う。

江戸からの帰路の大坂でも蒹葭堂とその会の人々と詩を交わす。その時、殺人事件が起こったのだ。詩文の唱和は禁止され帰国も延びた。政治外交の表舞台はさぞ慌ただしかったろう。しかしその間に、町人である木村蒹葭堂とその会の人々、そして朝鮮の通信使として派遣された庶孼（ソオル）と呼ばれる身分の人々との間に、活発な書簡のやりとりが行われたのだった。その中で、通信使から木村蒹葭堂の会の人々による詩文と絵を集めた『蒹葭雅集図』の制作依頼があったのである。そして通信使の出発直前にそれが手渡され、文人の理想世界を描いた画巻が朝鮮に渡った。

本書は今までほとんど注目されてこなかった、両班（支配）階級から差別されながらも優れた文人であった「庶孼」という身分の文化を描いた。そこから中国を起源とする「文人」という人間像を、日本と朝鮮それぞれの地で生き方、関わりの美学として成熟させてきたことを明らかにした。知性や生き方の対話こそが時空を超えて敬愛をもたらし、歴史に残るのである。

（’20・2・26）

水中考古学

水中考古学者の山船晃太郎さんと、法政大学のホームページに掲載する対談をおこなった。「世の中にこんな面白い研究分野があるのか」という驚き。海底に埋まった船とその積み荷は酸素に触れる機会が少ないために、長い間原形をとどめるのだという。まさに研究素材の宝庫なのだ。

私は横浜で生まれ育った。子供のころから港になじみ、高校生のころは船を撮影していた。中国に行ったときも船で渡航した。

江戸時代の出現は大航海時代の結果であり、江戸時代の経済を支えていたのは千石船による海上輸送である。一〇〇〇石の米を大坂から江戸に運ぶとすると、馬であれば一二五〇頭と馬子一二五〇人が必要だが、船ならわずか一隻、乗組員一五、一六人で済む。それほどの運搬力をもつ船が日本列島の周囲を毎日動いていたのである。木綿栽培に成功して大きな帆を張れるようになったことも要因だった。船の詳細を知りたくなると『ものと人間の文化史・船』（法政大学出版局）のページをめくる。

山船さんは野球少年で法政大学野球部に所属していた。ところが史学科で水中考古学を知り、卒業と同時に留学してアメリカの大学で博士号をとった。たいへんな日々だったが、面白くてしようがなかったという。水中考古学はチームで動く。一隻の船の研究は船舶考古学だけでなく、積み荷にかかわるありとあらゆる分野の研究者が必要だからだ。野球でチームワークを鍛えられた山船さんはその存在が知られ、学生時代から多くのチームに呼ばれて研究も進んだ。

遺跡を残すためにデジタル３Ｄモデルまで開発した山船さんにとって気になるのは、遺跡を破壊して積み荷を盗んでいくハンターたちの存在だ。彼らと戦うためにも、水中考古学をもっと知ってほしいという。海に囲まれた日本だからこそ、盛んになってもよい分野である。

（'20・3・4）

今年の3・11

二〇二一年三月一一日から九年となった今年の3・11を、私たちは新型コロナウイルスという国難で迎えることになった。法政大学では一一年三月の卒業式は行われなかった。そして今年の卒業式も行わないことになった。一一年同様、今年の日本も、大きな曲がり角に差し掛かっている。

同じような年が江戸時代にもあった。安政五（一八五八）年である。夏中大雨が降り洪水が起こった。そして秋に差し掛かった時に、コレラが江戸に爆発的に広がる。『増訂武江年表』によると、家ごとに患者が出た。一家で枕を並べ、あるいは路上をはう。嘔吐（おうと）、下痢、手足のしびれ、即座に死去。棺おけが間に合わずおけ職人も動員された。焼くのに時間がかかって棺おけが積みあがる。医者も薬屋も東奔西走。しめ縄、ちょうちん、三峯山の祠を作り厄払いをして、てんぐの羽うちわまでまじないに使われた。魚で病になるといううわさが立って魚屋が困窮し、卵は高騰。晩秋になると、今度は大火が江戸を包んだ。

しかしそのような中で、その日暮らしの貧民へ白米の分配が行われた。米価の高騰とコレラの流行故だという。福島の原子力発電所の事故でも今回の新型コロナウイルスでも、市民による排除と差別が目につくが、江戸時代にそういう記述は見当たらない。

この年は幕府がアメリカ、イギリス、フランス、オランダ、ロシアの五カ国と修好通商条約を結んだ年であった。まさにグローバル化がもたらしたコレラなのである。

一方で、井伊直弼による安政の大獄が始まった。一〇〇人を超す人々への二年間にわたるすさまじい弾圧である。庶民による排除や差別はなかったが、権力によって地獄の蓋が開き、そして間もなく直弼暗殺によって閉まった。こういう厳しい状況も、日本人は乗り越えてきたのである。

（'20・３・11）

日常を編集し直す

近ごろ、介護について考えさせられた本が二冊あった。一冊は佐々涼子の『エンド・オブ・ライフ』(集英社インターナショナル)。病を得た人がどのように在宅で介護されみとられていったか、さまざまな事例を詳細かつ具体的に描いている。最も凄絶なのは著者自身の母上である。六四歳で難病となって次第に進行し、著者の父上が在宅で約七年間介護しみとった。二時間ずつかけて三度の食事をさせ、胃ろうになると、排せつ、口腔ケア、入浴など何もかもを父上がなさったという。

このくだりを読んで、私自身の毎日からわかったことがある。介護とは、一人で日常生活を送れなくなった人の日常を支えるために、自らの日常を編集し直すことなのである。最初は仕事をしながらの介護生活は「とてもできない」と思った。しかし仕事の手を抜かないことをまず決め、それを中心にそれ以外のことを編集し直し、新しい日常を作り習慣化した。その組み直しは、病や老いの進行につれて幾度か起こるが、しかし不可能ではない。人にとって重要なのは「日常の編集」と、その質を高めることなのだ。

もう一冊も日常について考えさせられた。大佛次郎論壇賞を受賞した東畑開人の『居るのはつらいよ』（医学書院）である。こちらは精神障害者のためのデイケア施設の毎日を描いている。人の日常は「薄皮一枚で維持されている」のだが、精神障害者にとってその薄皮はさらに危うい。デイケアはその日常を安定的に支えるための居場所なのである。日々、一年を食事やスポーツ、年中行事で循環させ、日常を維持させるのである。そう考えると、介護とは、ずっと人類がおこなってきた、日常を支え合う営みの一つなのではないだろうか。

江戸時代は、家で介護しみとった。職住近接で男性も担ったので、仕事と介護や育児の両立は可能だった。互いに融通をつけて淡々と日常の組み替えをしながら暮らしたのであろう。

（'20・3・18）

上巳の節句

今年の三月二六日は旧暦三月三日「上巳（じょうし）の節句」である。中国ではみそぎをして祓（はらえ）をした日であった。日本でも川辺で祓を行い曲水の宴を開いた。今年はこの日、世界中に広がってしまった新型コロナウイルスを浄化できるだろうか。

上巳は桃の節句で、桜も満開になる。江戸全体が花見でにぎわい、吉原は通りに桜をぎっしり植えて花開きを行った。年中行事で知られた吉原の中で、最も人が集まる時期だ。そんな季節に人が集まれない時代が来ようとは、江戸の人たちは想像もしなかったろう。

一月七日（人日（じんじつ））、三月三日（上巳）、五月五日（端午）、七月七日（七夕）、九月九日（重陽（ちょうよう））の五節句は、江戸時代にはもはや貴族のものではなく、庶民に広まっていた。

歌舞伎『助六由縁（ゆかりの）江戸桜』に登場する遊女揚巻（あげまき）は循環する四季の化身であり、それを示すために五節句の衣装を着て登場する。ほとんどそのためにだけ舞台にいるように見える。人日の節句の打ち掛けには松飾りや羽子板など正月の象徴が縫い付けられ、上巳の節句には桜や水流や太陽を象徴するもの、端午の節句には滝とそれを登るコイが、七夕には短冊やササの葉が、重陽の節句には菊がそれぞれ打ち掛けや帯にぎっしりと縫い取りされる。それだけ庶民にとってはなじみのある、まさに一年をめぐらす行事が節句だったのである。

なかでも上巳は、水によって汚れをはらう日として重要であった。ひな人形の起源は「ひとがた」として人間の病や汚れをそこに移し、水に流して無事を祈るためである。おそらく気候が暖かくなる時期だからだろう。江戸時代まで、恐れられていた疫病は気温の上昇によって起こる、動物や食物が媒介する病であったから、みそぎによる祓が儀礼化されたのである。

今の我々は気温上昇によってウイルスの感染力が衰えることを願っているのだが、果たしてそうなるだろうか。

（’20・3・25）

花見の日記

江戸時代の武士で文人、狂歌師、狂詩作家としても名高い大田南畝（蜀山人）に『花見の日記』というのがある。寛政四（一七九二）年うるう二月九日から始まる。この日は新暦の三月三一日だったので、まさに今の季節だ。南畝は母や息子、娘を連れて父の墓参りに行き、帰りに上野へ桜を見に行った。

そこからが圧巻だ。彼岸桜がようやく開き、一重の山桜はまだ開いていない、と書く。しかしこの日から始まってうるう二月一四日（新暦四月五日）になると、小石川・蓮華寺の糸桜が満開で少し散り始めたのを発見。海蔵寺の糸桜が満開で見事。千駄木の養源寺の白華桜がまだ開いていない。西日暮里の青雲寺には白桜と赤い一重桜が咲いている。一七日（同八日）は『論衡』を読みながら上野に行くと、白桜、名称不明の大木の山桜、飛鳥山の見合桜、秋色桜を見ている。しかもそれらのしべの色、香り、重なり具合などを記録する。

一八日（同九日）は『論語』を講義してから神田明神に行くと、江戸桜がまだ開いていない。そこで真崎稲荷に行って隅田川を見渡す。対岸の三囲神社あたりの土手から大松のあるところまで、一帯がまるで雲のように一重の桜が一二本ぎっしり咲いている。さらに木母寺の門前までは堤の右に柳が、左に一重の桜が二四本、八重の桜が一一本咲いている。一重桜は花が大きく、まるで帆立て桜のようだ、と書く。まだまだ続く。山桐谷桜、緋桜、御所桜、逆手桜、筆桜など、もう知識が追い付かず花の姿が思い浮かばない。

驚いたのは、江戸時代の桜の多様な豊かさである。まだソメイヨシノはない。今のように一斉に開くことはないので、開いているものや、これからのものがあり、その種類も圧倒的に多い。あまりに多いので好奇心旺盛な南畝は次々とその名前を覚える。豊かな花見は江戸時代にこそあった。「桜」としか言わない現代人であることが恥ずかしくなる。

（’20・4・1）

経済活動が止まっても

法政大学は卒業式と入学式を中止し、新学期の授業を二一日からにした。当分はガイダンスを含め、当分インターネットシステムで受講してもらう方法だ。

学校関係は休校や休講で感染を防ぐことができるかもしれない。しかし三月一五日の東京新聞朝刊で内山節さんは、通勤など濃厚接触をする経済活動を停止した方が感染拡大防止には有効だったはずだが、実際におこなったのは休校措置で、そういう経済への配慮がこれからも対策の遅れにつながるかもしれないと警告した上で「大事なことは、小手先の経済への配慮ではなく、一週間や十日くらいすべての経済活動が止まっても、誰も困らない社会をつくることにあるのではないだろうか」と書いていらした。

このくだりで私の脳裏に浮かんだのは江戸時代の農業である。内山さんは全一五巻の著作集を刊行している哲学者であり、かつ農民だ。人間の生命にとって不可欠なのは食糧や生活必需品の生産活動であり、量を欲張らなければ第一次産業がもっとも安定していることをよくご存じなのである。グローバリズムは大事で不可避である。インターネットを伴ったグローバル社会であるからこそ、私たちは世界の多様性を知ることができる。

しかし落とし穴はあった。それが密接な経済的依存関係だ。どこかで経済活動が止まると世界は恐慌に陥る。とりわけ日本ほど自給率が低い国はあまりない。流通が止まれば私たちは飢える。この機会に食料自給、エネルギー自立という長期ビジョンが必要なのではないだろうか。ことが感染であればアメリカも助けてはくれない。

内山さんも江戸時代を例に挙げ、「信頼される仕事をしていれば、多少の困難に遭うことはあっても何とか生きていける。そう思える社会基盤が存在していたのである」と結んでいる。真の経世済民（経済）は強い社会基盤をつくることだ。

（'20・4・8）

食べごしらえ

石牟礼道子論を書いている。彼女が使う言葉のなかに「食べごしらえ」という、私にはなじみのない言葉がある。『食べごしらえ　おままごと』（中公文庫）というエッセー集も出していて、そこでは子供のころ経験した、石臼でひいた小麦で作る団子やうどん、自分たちで摘んできた草の浅漬け、かまどの余熱で焼くサツマイモ、ニガウリ、山芋、ムカゴ、タラの芽、川エビなどのおいしさが書かれている。他の著書の随所にも、不知火海で取った貝や魚のおいしさ、漁師たちの食べ物の豊かさ、漁でとれたものを狙って浜辺に集まる動物たちの面白さが描かれる。

しかし石牟礼は食通ではない。料理好きでもない。タレントたちがおいしい店とやらで舌つづみを打ってみせることや、高価なものを食べ歩きして高くさえあればおいしいと感じるらしいことに、首をかしげる。

つまり「食べごしらえ」とは料理のことではないのである。たとえば毒のある野草を人が食べられるように「こしらえる」のが、「食べごしらえ」である。コンニャク芋のあくを抜いてこんにゃくにしたり、大豆を発酵させて納豆を作ったりするのが、江戸時代からある「食べごしらえ」だ。海のもの、川のもの、山のもの、野のもの、そのすべての自然を、自然の味わいまるごと食べられるようにいささか加工することだ。その場合大事なのは口に入れたものがどれだけ新鮮で、どれほど自然そのものを味わい尽くせるか、である。

これは江戸時代の生産者たちの感覚と価値観だ。旬でないものが季節はずれに並べられても、熟していない果実を遠方から運んできても、個性的な苦みや酸味や匂いがなくなった野菜や果物が大量に買えるとしても、江戸時代では喜ばれなかったろう。戦後生まれの私でさえ、野菜から風味が失われたことにがっかりしている。自給率の高かった時代こそ、真にぜいたくな時代だった。


（'20・4・15）

初夏

今年の四月二三日は旧暦の四月一日だ。つまり夏の始まりである。この日、江戸時代では着物の「綿抜き」をおこなった。旧暦一〇月から着物の表地と裏地のあいだに真綿（蚕の繭を伸ばしたもの）を入れて半年間過ごすのだが、四月一日にその真綿を抜き、表裏の布だけのあわせへ仕立て直したのである

今の私たちはこんな時期まで綿入れを！　と驚く。それは木綿わたのように厚い「どてら」や「ちゃんちゃんこ」を連想するからである。真綿は温かいが、木綿わたよりはるかに薄い。木綿わたの綿入れは、江戸時代には掛け布団がわりのかいまきとして使われた。近代になってからはそれ以外にも、戦争中は防空頭巾として、今でも防災用として使われている。

ところで、「春過ぎて夏きたるらししろたへの衣ほしたり天の香具山」と万葉集の歌にもあるように、「衣」は初夏の季節を表す言葉としてよく使われてきた。江戸時代では和歌のパロディーである狂歌が流行した。例えば「春過ぎて夏きにけらし綿抜きの衣ほすてふ汗のかきそめ」（喜雲）。綿抜き作業は日常である。汗も和歌には詠まない。そこで狂歌の領分となるのだ。「花染の衣の綿を引き抜いて急な仕事を四月朔日（さくじつ）」（山手白人）も、まさに四月一日の「急な仕事」として、一斉に綿を抜き着物を縫い直す作業が見える。

「古布子綿は抜けども馬かたの袖にのこれる春のはな歌」（佐倉はね炭）。馬かたの日常に託したのが狂歌的で、春の花（桜）と鼻歌をかけ、春への名残惜しさと労働歌が聞こえてくるような歌だ。

四月は卯月（うづき）という。真っ白な卯の花が咲く。最も美しい卯月の狂歌はこれだ。「旅人も笠（かさ）ぬぎて見よ花の名の卯のとき雨にぬるる垣根を」（四方赤良）。卯のとき雨とは、早朝に降ってすぐやむ雨のことだ。雨にぬれた真っ白な卯の花に思わずみとれる。厳しい自粛生活。和歌や狂歌を口ずさむと外の空気を感じる。

（'20・4・22）

コロナ後の大学

「コロナ後」を考える人が多くなっている。しかし以前と同じ世界が戻ってくる可能性はほとんどない。経済力は確実に失墜するであろう。

しかし悪いことばかりではない。大学は超スピード対応で実験・実習以外の授業のオンライン化を進め、開始した。教職員も学生も大変な思いをしているが、すでに持っていたインターネットインフラを使い、すでに作り始めていたオンデマンド科目を一挙に拡大した。つまり既定路線の延長であった。ただしあまりに早く拡大しなくてはならず、皆が困惑したのだ。

このコラムで以前、江戸時代の私塾について書いた。私塾は大きな社会の変化とそれに対する危機感によってつくられた事例が多い。また私塾は「素読」と「講義」だけでなく、学生自らの講義とそれに基づく議論をおこなう「会読(かいどく)」という過程を経て、考える力をつける少人数教育であった。寺子屋も私塾も机が整然と並ぶ教室で、全員が教師の方を向いて一斉に教育を受ける場所でもなかった。基本的に個人が学ぶ場なのである。

近代の学校は大勢が同じ方向を向いて同じ教育を一斉に「受ける」方法で裾野を広げた。戦後の大学はその典型である。江戸時代の人が大教室授業を見たら、芝居小屋に紛れ込んだかと思うだろう。少子化に向かっているにもかかわらず、大教室授業はなくなっていない。

この大教室授業や覚えることを目的にした授業を、この機会に可能な限りオンデマンド化・オンライン化し、対面授業は少人数で一人一人を指導し、実験や実習、フィールドワークをおこない、議論しながら考え、表現する力を養う江戸時代の私塾の方法に移行するのが望ましい。

コロナ後の大学は明確なビジョンさえ持てば、今後も多様なウイルスにさらされながらも、新しい方法で高い質の教育を実現できるのだ。

（'20・5・13）

おうちで働こう

一年ほど前、このコラムで「家で働く」という文章を書いた。８０５０問題という、中年となった引きこもりの子供を支える高齢の親の問題が報道されていたからである。私は「問題」とされる事柄が、外に出るか出ないかを基準にしていることに疑問を感じた。無理に外に押し出すことで、問題を悪化させる事例もあったのだ。

そもそも江戸時代の人々はその多くが職住一致か職住近接で、自然環境を含めた家とその周辺で働いていた。仕事をする＝家の外に出る、という図式は近代工業時代がもたらした生き方であって、普遍的でないばかりか、育児や介護と仕事を両立させることができない、不自然で困難な働き方なのである。

そこでそのコラムでは、「家で学び仕事をする方法の模索が必要」「〝出〟という字にこだわらず〝居〟で生きる自立の道を、広げていく方法があるはず」と書いた。はからずもその後、新型コロナウイルスによって、多くの人がウェブ会議とテレワークを余儀なくされた。人工知能（AI）の活用はさらに拡大する勢いで、押印やサインの電子化も進むようだ。これで「引きこもり」は問題行動ではなくなる。あとは、おうちで働いて収入を得る方法の開拓である。

育児や介護をする人も含め、正規社員だけでなく、フリーの人々も積極的に家で働く方法を編み出していくことで、ウイルスと共存する新しい人の生き方を創造できるのではないだろうか。

軌道に乗るまでは決して簡単ではない。会社やとくに研究機関などは、仕事に必要な共有のインフラを整備し、体ひとつで出社すれば働けるようになっている。それを各自の家にそろえるのは難しい。しかしコンピューターもそういう存在だったが、パーソナルなものになった。電話もそうなった。書籍もデジタル化されつつある。多くの人がおうちで働くのはそう遠くない。

（'20・5・20）

閏四月

五月二三日は旧暦で閏（うるう）四月一日であった。閏月とは月が余ってしまった、という意味である。今では考えられないが、江戸時代なら同じ四月がもう一度繰り返されるのである。

「閏」という字は門に「王」と書く。これは「玉」であって、「門内に財貨があふれて家がうるおう月日」という意味と説くことがあるが、「壬」であって、余る意味である、と説く説もある。どちらにしても豊かそうな文字だ。

ところで世界はいよいよ「コロナ後」を迎える。私たちの新しい生活様式は根付き、新たな価値観が作り出されるだろうか？　それとも生活だけ元に戻り、経済の困窮に苦しむのだろうか。

新型コロナウイルスはRNAウイルスだ。江戸時代に猛威をふるった天然痘はDNAウイルスだった。当時は自然免疫力と、その壁が突破された後に抗体を作る適応免疫力でしか天然痘を回避できなかった。多くの人が亡くなり、あるいは後遺症が残った。しかし一七九〇年、日本で人痘種痘法が実験され、人工的に抗体を作り出す試みが始まった。その後、副作用の少ない牛痘法がヨーロッパから入ってきて試され、一八五八年には江戸に種痘所が設立された。そして日本の天然痘はやがて消えた。

天然痘は六世紀半ば、仏教とともに日本に入ってきた。解決されるまで一〇〇〇年以上の月日がかかったのである。それでも幕末には研究成果の世界的情報交換、つまり透明性によって天然痘は恐れるものではなくなった。私たちが今後、心しなければならないことはこの「透明性」の確保である。

世界は、警告を発したことで処分を受け感染で亡くなった中国・武漢の李文亮医師のことを忘れないだろう。この警告が昨年一二月三〇日にそのまま全世界に届けられていたら事態は違ったものになったからだ。世界を豊かに保つには透明性と、信頼に基づく連携以上に大切なものはない。

（'20・5・27）

距離を置く

ソーシャルディスタンスは新しい生活習慣になりそうだ。実はこの「距離を置く」という人間関係は、江戸時代の人々の得意とするところだった。たとえば食卓を囲む、その食卓というものがなかった。食卓は近代になってから定着したものだ。同じ皿から料理を分けることもしなかった。食事は銘々膳と各自の茶わんと箸を使った。銘々膳は前後左右にくっつけることが難しい。旅館などの宴会の情景でもわかるように、向かいの人とはだいぶ距離がある。

握手もハグもハイタッチもせず、お辞儀をする。お辞儀をするには頭がぶつからないよう、最低一六〇センチぐらいはあけねばならない。家を訪問する際は、込み入った話がない限り上がりこまない。玄関は座るのにちょうど良い高さになっていて、そこに座って用事をすませる。あるいは庭にまわって縁側で話す。この時も、家の者はそばに座りはするが、対面にはならず、距離を置いて斜めに関わることになる。

料理屋でも座敷に上がれば銘々の盆か膳で食べる。くっつくことは難しい。居酒屋や水茶屋（喫茶店）の場合はベンチ式だ。つまり横並びで座り、カウンターもなく、酒や茶は自分の横に置くので、おのずと隣とは距離があく。しかも、冬でさえも密閉空間にはできない。換気が良すぎるくらいだ。

さらに「敬語」というたいへん便利なものがある。ついこのあいだまで、日本人は敬語の度合いや微妙なニュアンスを使い分け、あまり親しくなりたくない人とはそれとなく距離を置くことができたのである。敬語を虚礼と考えるのは誰とでも友達になりたい人かもしれないが、世の中には友達になりたくない人もいる。私は学生に、敬語は自分の身を守るためにあるのだから、使いこなせるようになってほしいと伝えてきた。

ソーシャルディスタンスと依存しない人間関係が、江戸時代をつくったのである。

（'20・6・3）

歩く

私は歩くのが大好きだ。教員だったころは郊外にある近くのキャンパスまで歩いたが、総長になってからは都心まで行くことになり、しかもハイヤーの使用が義務づけられた。会議も多い。高齢になると、じっとしているだけですぐに体がこわばる。そこで毎日三〇分以上は、速足で近くの高台まで往復することにした。

自粛生活が始まると、にわかに外を歩く人や走る人を多く見かけるようになった。今まで運動しなかった人やジムに通っていた人も、なかばやむを得ず、外でのウオーキングやランニングを始めたのだろう。

江戸時代の人々は、歩くことが生きることだった。自分の足しか手段がない。よほどの地位の人でない限り、駕籠(かご)や馬に乗ることはなかった。長距離は船で動いたが、風待ちや雨などがあるので、旅も歩きが基本だったのである。

歩くのは健康のためではなく、必要に迫られてであるから不必要なことはしない。走ることは不必要なので、しなかった。走るのは、仕事として早く人やものを届けねばならない、飛脚や駕籠かきなどプロのやることだったのだ。彼らは短命だったという。その状況から考え、日本のマラソンの起源とされる安政遠足（とおあし）は走ったのではなく歩いたのであろう。旅の仕方から見て、歩くのはかなり速かったと思われる。

残念なことに現在は私も含め、移動のためではなく健康のために歩いている。ジムにお金を払って運動しに行くこともある。江戸時代の人から見れば、不必要なことをしている。お金を払って制度や施設に頼ることが「豊かさ」だと思い込んできたふしがある。

コロナ前に戻らない生活とは、金銭で何もかも解決できる、という考えをやめ、真に必要としていることを実行する生活なのではないだろうか。とはいっても、歩いて通勤したら、それだけで一日が終わってしまうが。


（'20・6・10）

夏真っ盛り

六月二一日、ようやく閏四月が終わって旧暦五月一日となる。初夏から仲夏となって梅雨の季節だ。二一日から七月二〇日（旧暦五月三〇日）までの梅雨の晴れ間を「五月晴れ」と呼ぶ。六月や七月だが、五月晴れ。新旧暦の混乱だ。暦の変更は一八七二（明治五）年に行われた。

日常生活の暦だけでなく、学年暦と呼ばれる学校の暦も明治時代に変わった。八六（明治一九）年のことである。法政大学の前身は八〇年に創設されているが、その時はまだ学校の入学時期はまちまちだった。そもそも寺子屋も私塾もいつでも入学できたのだからその延長だったのだろう。

官制によって師範学校が高等師範学校（現筑波大学）になった時、学校財政の処理のために会計年度と一致させた。しかしその時点でも九月入学の大学はまだあった。約一〇〇年前の一九一八年に大学令が発布され、二一年に大学が四月入学に統一された。なんと統一まで三五年かかっている。しかも理念あってのことではなく、会計が面倒だからという理由で始まり、漸進的に統一されたのである。

また統一のやり直しをする前に、入学時期が複数ではだめなのか？という検討もすべきだろう。実際、多くの大学は九月入学・卒業を実施している。大学は既にグローバル化しているからだ。この変更は何年かかっても問題はない。大学でも役所でも、時間をかけられないのはインターネットシステムの構築である。これは不平等を生まないために急ぐ必要がある。

オンライン授業は既に実施しているわけだが、変化が早く規模が大きいと、対応できる学校とできない学校、対応できる教師とできない教師、ネット環境が整っている生徒・学生と整っていない生徒・学生、日本人と入国できない外国人、という差異が大きな影響を与えてしまう。そこに教育の不平等が生まれる。こちらの方が深刻なのである。

（’20・6・17）

女たちの端午

六月二五日は旧暦五月五日、つまり端午の節句の日である。この日に袷の着物を単衣の着物に衣替えした。江戸時代は今より気温が低く温暖化も冷房による熱風もなかった。現代はこの日まで袷ならかなりつらい。新暦では六月から単衣を着られるのはありがたい。

端午の節句ほど多様な意味が込められた複雑な節句はない。東アジアはこの時期、全体として高温多湿になるので、中国でも邪気を払う日とされ伝染病や虫を警戒した。そこで薬草や邪気を払う鍾馗様の出番だった。しかし一方で、中国戦国時代の楚の政治家で詩人の、屈原が投身した日とされる。投身した川に粽を投げた。さらに、もともと竜の節句なのではないかとの説もある。複雑だ。

起源はともかく、これらが日本にやってきた結果、日本での薬草は菖蒲（しょうぶ）で、それが尚武（軍事を重んじる）となり、男児の節句となった。これは地口であって起源と何の関係もない。重要なのは日本独特のこの日の風習である。

実は日本では、この日は「女の日」であった。江戸時代の文学を読んでいる人なら、近松門左衛門の浄瑠璃に「五月五日の一夜さを女の家といふぞかし」という言葉が出てきて、「あれ?」と思った経験があるのではないだろうか。一七二一年五月四日に実際に起こった殺人事件を義太夫節に乗せた『女殺油地獄（おんなごろしあぶらのじごく）』である。これは五月四日夜から五日にかけ、女が家にこもる行事のことを言っている。

地方によっていろいろだが、「女の宿」「女の天下」などとも言い、女が威張ってよい日だった。この日は女が風呂に先に入り、食事は男が用意してごちそうをした。「女の屋根」というのはヨモギや菖蒲を軒にさした家を言う。この説明としては、五月が田植えの月であり、田の神を祭り田植えを行う女性たちがその神聖な労働に先立って物忌みに入り、自粛生活をした日だといわれている。端午の節句を軍事から女性たちに取り戻そうではないか。

（'20・6・24）

沖縄慰霊の日を過ぎて

江戸時代末、幕府は品川沖に一一基の大砲用台場の築造を決定した。五基が完成したが、一基は途中で止まり、残りの建造は中止となった。理由は資金の不足とも自在に動く蒸気艦隊に定位置の大砲は効果がないと分かったからともいわれるが、日米修好通商条約締結で結局必要なくなった。この不平等条約から考えると、やはり台場の大砲に威力はなかったのだろう。技術的進歩と国際関係の変化が、武器の製造や購入にかける巨額の費用を無用なものにする。江戸幕府はそれを知ったのである。

イージス・アショアの配備計画が停止された。事実上の白紙撤回という。迎撃ミサイルのブースター部分を海上や自衛隊演習場内に落とせない、という技術的問題が見つかったからだとされる。地元に説明したデータもずさんで、経費も膨らみ、使用開始も延期されていた。中止は賢い判断だと思う。

しかし他にも、中止したほうが賢いものがある。沖縄県の辺野古の埋め立てと基地建設計画である。想定外の軟弱地盤があることが分かり、七万本のくいが必要になった。基地運用までの期間が一二年に延び、工費は三倍近い約九三〇〇億円に膨らみ、県民の七割が反対している。イージス・アショア計画中止が技術的問題の発見と住民の反対であるならば、なぜ辺野古は中止にならないのだろうか？

六月二三日は一九四五年の沖縄戦で日本軍の組織的戦闘が終結した慰霊の日であった。毎年、戦没者追悼式やさまざまな場所で慰霊祭が行われる。特に今年は七五年の節目の年だった。しかし新型コロナウイルス感染拡大防止のため、縮小や中止を余儀なくされた。

一五世紀以来、琉球はアジア貿易の最先端を走ってきた。ポルトガル人、トメ・ピレスは日本人ではなく琉球人の品格の高さを記録した。それを思い出しながら、なぜ日本政府は沖縄に対して平然と差別的な姿勢をとるのか？　その疑問が消え去らない。

（'20・7・1）

政治とカネ

江戸時代、公職選挙法違反で逮捕された人はいなかった。選挙がないのだから公選法もなく、違反のしようもないのである。そう考えると票の取りまとめのためにカネを配るという発想は、選挙制度とともに生まれたことになる。民主主義は、民主国家なら放っておいても実現するというわけではない。数々の複雑な仕組みを皆が守っていかねば実現できない。

公選法は二七五条まであり、条の下に細則があって非常に細かい。その細かさは一言で言うと、カネで票が取れるようなやり方を排除するためである。公選法の第一条にはその目的が記されている。「選挙が選挙人の自由に表明せる意思によつて公明且つ適正に行われることを確保し、もつて民主政治の健全な発達を期すること」である、と。民主主義を実現するにはこれを守るしか方法はないのだ。国であろうと自治体であろうと平然とカネの授受をする政治家は、民主主義を実現するためではなく、権力を得ることを目的に生きている人たちなのだろう。

選挙のない江戸時代でも「まいない」という言葉はあった。もともとはささげ贈るという意味だが、次第に利益をはかってもらうために金品を贈ることを意味するようになった。「袖の下」という言葉もあり、こちらはいかにも見られては困ることがわかる。

今日のような税制がなく農民以外の者から年貢も税金も取らなかった江戸幕府は、経済力のある商人からさまざまな方法で金銭を得ようと画策した。運上金とか冥加金という名目で取ったが、商人の側はそれを使って利益誘導をもくろんだ。ただしそのカネは商人が自らの努力で稼いだカネであって国民の税金ではなかった。一方、年貢で生きていた武士たちは給与が低く貧しい者もたくさんいて、ほとんどの者はそういうカネを用意できなかったろう。政治に携わる者の権力欲は、近現代の方がよほど強いようだ。

（'20・7・8）

東京一極集中回避

東京都知事選が終わった。予想通りの結果だった。しかし、都知事が決まっても課題が山積みであることは変わらない。とりわけ都内の新型コロナウイルスの感染がなかなか終息しない一因は人口の首都圏集中であろうが、それをどう変えていくかは難しい。

江戸時代の人口は一八三四年時点で約二七〇〇万人だった。その中で、首都である京都の人口は集中するどころか減り続け、同じ時期には約三〇万人だったたと思われる。一方、政治都市である江戸の人口は一〇〇万を超えた。世界の諸都市の中でもっとも多い都市人口だ。にもかかわらず、わずか全国人口の四%ほどである。

ところが二〇二〇年現在、都の人口は全国人口の約一一%に達する。江戸とほぼ同じ範囲である二三区内は七・六％だが二三区外には都心へ働きに出る人が多いわけだから、約一〇％の集中だと考えていいだろう。江戸時代は首都機能が首都の京都、政治都市の江戸、経済都市の大坂に分かれていた。それで分散したのだが、しかし三都の人口を合計しても全国人口の六％程度である。働く生産現場が全国の農村にあったからだ。サービス産業が伸びたことも、現在の首都圏集中の原因である。

世界の人口増加と気候変動が原因で森林が開拓されている。解氷による海面上昇のみならず、永久凍土の解氷も始まっているという。人口増加、気候変動、水不足は、食料生産の構造を変え、新しいウィルスの出現を加速させる。予測できない世界の分断にたびたび見舞われるようになると、日本の衣食住とりわけ食料生産自給率の低さは深刻な問題となる。

世界の変動に対応するためには、自治体独自の取り組みだけでは間に合わないことが多い。食料自給率を上げる生産拠点を全国につくり、テレワーク網によってどこに暮らしても仕事があり給与に差がない社会を、一刻も早くつくる必要がある。

（'20・7・15）

東京の格差回避

三年前、このコラムで「慶安の変」について書いた。いわゆる「由井正雪の乱」である。この乱の背景にあったのは、江戸特有の貧困だった。多くの大名が改易になった結果、武士の失業者があふれたのである。武士は農耕地を持たない。失業した武士たちは代々もらっていた給与がもらえなくなった。実家ごと失業したのである。

このように江戸時代の特定の時期に発生した貧困だけでなく、都会だからこその貧困がさまざまあった。江戸なら仕事がある、江戸なら面白い生活ができると思って出てきてしまう若者たちや、一種類の技能のみで生きる職人たちが抱える貧困である。今の東京と同じように、確かに仕事はあるのだ。しかし健康保険も失業手当もない。いったんけがをしたり病気にでもなったりしたら、日銭をかせぐ手段は途絶えた。

現代の東京も、格差が大きい場所だ。消費が盛んになされるときは多くの人が利益を得てその恩恵にあずかる。しかしいったん消費が衰えると、立ち上がれなくなる。拡大の速度が速く終わりが見えないコロナ禍の中では、商売の領域を変えればなんとかなるというわけにはいかず、新たな仕事を探す時間もないまま、とにかくお金が入らなくなった。個人の努力の問題ではない。災害であり社会問題である。

この「補償なき自粛」とそこにあぶりだされた日常の貧困こそ東京のもっとも重要な課題である。都知事選で、そこに焦点を絞りこんで訴えたのは山本太郎候補だけだった。コロナ禍の東京で貧困層に何が起こったか、実態に迫る調査や報道がこれから必須である。

東京の貧困は日本の貧困につながり、東京の格差は日本を不安な社会にする。むき出しになったままの貧困をどう乗り越えていくか。やはりそれが絞るべき政策課題だろう。補償は一時だが税収は長い間続く。このままでは都の税収は下がり続ける。

（'20・7・22）

女性の政治進出に思う

日本の国会議員における女性の比率は二〇二〇年現在、一四・四％。一九三ヵ国中一四七位だ。四七都道府県中女性知事は二人。その比率は四％。企業などの女性管理職は二〇年までに三〇％が政府の目標だったが、実態は程遠い。

江戸時代にはなかった参政権を明治時代に男性が手にし、戦後ようやく女性が手にした。それから七〇年余、いまだそういう状況だ。「そうした社会を生きてきて、女性初の防衛大臣、都知事、さらには総理の座にも手をかけようとする女性の誕生を今、同時代を生きる者として目にしている。それなのに、気持ちは重く塞ぐばかりだ」――この文章は再選された東京都知事についての、二〇万部を突破した石井妙子氏の著書からの引用である。この本の内容の真偽に触れる立場にない。しかし私は最後に書かれた上記のくだりに注目した。少しあとにこう続いている。「女性たちには、より高い教育、より自由な環境が与えられたはずであるのに、その歩みはどこへと向かっているのだろう。これは社会を主導してきた男の罪なのか。それとも女の罪なのか。戦後女性の解放の、これが答えなのかと考えさせられ、答えが出せないでいる」同感だ。私は都知事と同年生まれである。女性が仕事を選びその分野で認められていく過程で、根拠のないうわさを立てられるのはふつうだった。男性の三倍働かないと一人前とみなされない、とも言われた。自分の価値観と視点を男性に同化させて男性的に、それ以上に頑張ることになる。それは女性の地位向上と言えるのか？

女性にも差別感は姿を変えて巣くっている。権力を獲得し序列をはい上がろうとする欲求もそのひとつ。男性を利用して自分を利するのもそのひとつだろう。女性は自分の内なる差別感を自覚し、男性のよりどころである権力欲を乗り越えてこそ、平等と公正を手にすることができる。

（'20・7・29）

祈りの旅

ナシーム・ニコラス・タレブ著『反脆弱性――不確実な世界を生き延びる唯一の考え方』(ダイヤモンド社)は、予測不可能なコロナの時代に必要な能力は何かを、考える契機になる本だ。不規則な事象、予測不能な衝撃、変動性を味方につけて自己再生できる力を「反脆弱」と表現した。そのなかで旅と人生を重ねている箇所がある。いわく、スケジュールが決まっている観光しかしない観光客のような人生こそが、脆弱な人生だ、と。

確かに旅そのものも、スケジュールが決まっている観光から得られるものは少ない。しかし「Go To トラベル」で政府から三五%や五〇%を補助してもらうには、旅行代理店などで旅行商品とやらを買わなくてはならない。この、自分以外の誰かが決めたスケジュールの組み合わせこそ近現代的な旅行であり、それは近現代的な人生観に対応しているのかもしれない。

昨年の夏、このコラムで「遊行・漂泊」という文章を書いた。中世から江戸時代にかけて、日本には治療や布教や修行や芸能をおこないながら旅する人々がいた。その行動は旅行とは呼ばずに遊行とか漂泊と言った。お金を払って旅をするのではなく、喜捨してもらって旅をするのだ。

旅は人生のように予想不可能で事件に満ちあふれ、タレブの言う反脆弱な生き方がそこにあった。金を持っていれば強く、持っていなければ弱い、という経済優先の判断基準はひっくり返る。このような旅は江戸時代の一般の人々に影響を与えていた。伊勢参りや四国遍路、大山参りなどは旅である前に巡礼である。ツアー旅行の側面はあるが、決定的に違うのはそこに祈りがあったということだ。

政府からのお金に後押しされてスケジュールの決まった旅をするか、それとも自分にとって本当に大切なものは何かを、祈りのなかでみつける旅をするか、それが人生の脆弱と反脆弱を分けるのかもしれない。

（'20・8・5）

学問なき政治家たち

ＡＬＳ（筋萎縮性側索硬化症）患者を「業病」（祖先や自分の悪業の結果としての病）とツイートしたことをきっかけに、本紙サイトで石原慎太郎氏の今までの差別発言を振り返っている。とくに中島岳志さんが「健康への強いこだわり」が石原氏の背後にあることを指摘した記事が興味深かった。

健康不健康を軸に考えると、その発想の特徴が見えてくる。学者の言葉の意味を理解できずに発言した「ババア」発言、「原発に反対するのはサルと同じだ」発言、小池百合子東京都知事への「厚化粧」発言など、どれもが言葉について自分なりの基準がない。人間はどこから不健康と言えるのか？　生産性の問題なら、年齢性別問わず子供のいない人すべてがババアと罵倒されるべきなのか？　人間もサルも道具を使うが、サルだけは道具使用について反対表明をするということか？　化粧が厚い薄いはどこから分かれるのか？　どれも笑うしかないテーマだが、世間の軽口を粗雑に使っているのみで思想も基準もない。江戸から見ると、こういう人がものを書き、政治のトップにいたこと自体、非常に驚愕（きょうがく）の事実なのである。

江戸時代の人々は、人間にとってもっとも大切なのは「徳」だと考えていた。「徳孤ならず必ず隣あり」が人口に膾炙（かいしゃ）していたように、徳によって人間関係も豊かとなり、結果として富がついてくることもある。武士や商人は藩校や私塾で徳をそなえた人間を目指し、まっとうな人間になるために学問をした。学問をした人間だけが、世を治める資格があると考えた。

身分制度が根底にあったためにその撤廃と同時に学問についての考え方も排斥されてきたが、社会はどうあるべきか、人としてどう生きるべきかを問うことは、どんな時代でも学問の根幹にある。私たちは投票にあたって、「この人は人間として政治を預けるに値するか」を、もっと徹底して調査すべきだろう。

（’20・8・12）

終戦記念日が過ぎて

今日は江戸時代では旧暦の七月一日、秋の始まりの日である。しかし現代では今年も、戦争を思い起こす終戦記念日を迎え、それが過ぎた。もしオリンピックが開催されていたら、新国立競技場が建っているその場所で多くの大学生が、総長学長たちによって戦場に送り出されたことを、思い出す方々も多かったろう。私はその「学徒出陣」を毎年終戦の日や、実際に出陣した秋になると思い出す。

私は戦後生まれなので戦争は個人の記憶にない。実際には総長になってから歴代の総長がやってきたことを振り返ることになり、自分の身に引きつけて考えたとき、社会と大学との関係について考え、がくぜんとするのだ。

大学は、良い教員が集まって深い教育をしているだけでは社会に認められない。長い間の歴史や確立された信用とブランドが、それを広める努力とともに定着していき、社会に受け入れられる。だから総長学長は、国の決めた基準にも従い、受験生と保護者たちの要望にも沿いつつ、独自のありかたを模索する。しかし、大学の名が社会に認められることと、ひとりひとりの学生の命とどちらが大切なのかといえば、もちろん個々の学生のほうが大切だ。

もし、多くの主要な私立大学が連携して「どこも学生を戦場に送り出さない」となったら、どうなっただろう。敗戦を迎えたとたん責任を問われるだろうか？　いや、そうではない。戦後社会のなかで、もっと特別な存在になったのではないだろうか。江戸時代の私塾が思想家たちによって作られ個性的な青年たちを育てたように、一律の基準に従わないもっと個性ある大学があちこちにできたろう。

しかし結局高度経済成長のお金の力が激流となって、やはりお金を稼ぐ人を育てる大学をめざしたかもしれない。「もし」だらけの話になってしまったが、それほど、時局のなかで自立し続けることは難しい。

（'20・8・19）

七夕とポテサラ

子供連れの女性がスーパーマーケットで、高齢の男性から「母親ならポテトサラダぐらい自分で作ったらどうだ！」と言われたという。この目撃情報で炎上したポテサラ論争は、もろもろ分析が出て落ち着いてきたようだ。そこで、江戸から考えてみよう。

八月二五日は江戸時代なら七月七日、七夕である。まずは古代をのぞいてみる。織女と牽牛（けんぎゅう）がこの日、スーパーで待ち合わせたとする。秋物の服を見たてている織女を見た牽牛は「着る物ぐらい自分で織ったらどうなんだ」と言い放つ。牛肉を買う牽牛を見た織女は「牛ぐらい自分で育てたらどうなのよ」と文句を言う。ポテサラ暴言はそんなようなものだ。時代や個人によって衣食住の調達方法は大きく異なる。今どき家で牛を飼え、と言われてもね。

江戸時代になると、都市では衣類はもちろん食べ物も金で購入した。機織りをする女性はいたが、それは主に商品として市場に出すためであった。狭い長屋では米を炊く程度である。朝から晩まで、商人たちが納豆や豆腐や煮豆や魚や野菜を売りにくる。魚はその場でおろしてくれる。商家では妻も経営者だったので、台所には料理人や手伝いがいて、子育ては乳母や子守が助けた。

近代になり、家と仕事場が切り離された。個々の家に雇われていた人々が組織に雇われるようになった。商家や武家にいた料理人やお手伝いさんは工場に勤め、工場で作られた食べ物はスーパーに送り出される。江戸から近代への生業の変化は「個々の家」から「企業集団」への変化だったのである。

時代ごと家ごとに、人が助け合いさまざまな分担をするのが人間社会である。それを賢く使うのが家の経営だ。私は母の介護をしているが、スーパーで必ず好物のポテサラを買う。分担をうまく営んでこそ総長も務まる。女性のマネジメント能力を侮るな、と言いたい。

（'20・8・26）

カジノでいいの？

カジノを経営する米国のラスベガス・サンズは今年四〜六月期の売上高が昨年同期比で九七％落ち、日本への参入を断念したという。それでも自治体はＩＲ（カジノを含む統合型リゾート）計画を継続するのか？　大人のための遊びの空間は本当にカジノでいいのか？　そんなことを考えたくなるのは、江戸時代の文化を見ていると、消費する対象である歌舞伎や着物、遊郭における芸能、浮世絵、料理など、すべてが今日、日本文化として残っているからである。カジノで何が残るのか？

山東京伝の『通言総籬（つうげんそうまがき）』という洒落本（しゃれぼん）を読むと、男性の着物の取り合わせからヘアスタイル、ぞうり、きせる、たばこ入れ、金唐革（きんからかわ）の巾着に至るまで、いま美しいスタイルとは何か、明確に書いてある。それも、黒、茶、紺など地味な色を基調に、そこにほんの少し黄色を入れる。今でも生かせる粋なスタイルだ。

自作の三味線音曲を爪弾く部屋には俵屋宗理の描いた菊文様の半戸棚があり、宣徳火鉢と広島やかんを置いている。友人との話題は高麗茶わん、遠州好みの茶入れ、金襴(きんらん)の名物裂(ぎれ)でできた茶入れ袋、古金襴裂で装丁された書。遊郭の話題は、遊女たちの正月の揃(そろ)いの着物の品評だ。吉原に入ると、おいらんの部屋は草花の天井絵で飾られ、琴を置き、王羲之の拓本や源氏物語や万葉集が机に置かれ、銀の燭台(しょくだい)に朱蒔絵(まきえ)のたばこ盆がしつらえてある。

織物など日本の一流の工芸技術、茶の湯道具、歌舞伎、三味線音曲、日本舞踊、そして古典から現代にわたる詩歌文学の数々、料理、そして作法など、ヨーロッパの宮廷や貴族生活で磨き抜かれてきたような国の文化を、町人たちが選び抜き育ててきたことがわかる。こういうことを「遊び」と言った。貨幣はその遊びの場に落ちた。今なぜ本当の大人の遊びの場がないのか? そこへ来るのがカジノでいいの?

('20・9・2)

四谷怪談の季節

江戸時代に「夏狂言」という言葉があった。夏におこなう歌舞伎芝居のことだ。歌舞伎役者は一年契約だったが、なにしろ冷房のない時代の日本の夏である。この湿気の中で集まる客が少なく、そこで旧暦の六、七月を役者たちの休業期間とした。そのかわり値段を下げて無名の若手役者が舞台に立った。そこから著名になる役者もいたのである。

この夏狂言で、怪談物として知られるようになったのが『東海道四谷怪談』である。初演は旧暦の一八二五年七月二六日だから、まさに夏狂言期間の芝居である。以前からこの中で、毒をもられたお岩が泣く子をあやし、伊右衛門がそれをうるさがりながらお岩の着物と蚊帳を奪い取って質屋に持って行ってしまう虐待シーンがなんとも不快で、日本の夏の蒸し暑さをうまく使って不快感を頂点に導くことに成功している。お岩が変貌した顔で長い髪をすくときの怖さ、川や堀を使って死体を出す気味の悪さなど、すべてが日本の夏にぴったりだ。

しかし調べてみると、この初演の日は新暦で九月八日なのである。今年、二〇二〇年では九月一三日になる。ちょうど今の時期だ。もう秋に入っている。まだ暑さが残ってはいるが、なぜもっと暑いときに興行しないのかといえば、それはもう、とても劇場に集まれる状況ではないからだろう。『東海道四谷怪談』は『仮名手本忠臣蔵』と組み合わされて興行された。お岩は塩冶家の藩士の娘で、民谷伊右衛門は討ち入り資金を横領した悪人だからである。芝居は長く、二日間連続で演じられた。やはり少しは秋風が吹いて、客が入る気にならなければこの長丁場は無理だったろう。

ぜひこの季節に思い出したい演目だ。男の出世欲からくるすさまじい家庭内暴力も、それに対する女の怨念（おんねん）も、今もなお続いている。これほど背筋が凍る怪談物は他にない。

（'20・9・9）

八朔

今年の九月一七日は旧暦の八月一日である。八月の朔（さく）（月の一日目）の日なので八朔と言い、現在でも祭りをしているところがある。私の周りでは八朔の行事がなかったので、江戸文化に触れるようになって初めてこの「八朔」という言葉を知った。それも吉原遊郭の行事としてである。

吉原は年中行事がぎっしり詰まっていた。喜多川歌麿の『青楼絵本年中行事』という本には、正月から年末まで一八の行事が描かれている。その中に八朔の図があり、幼いかむろは白い着物を着てその上から帯を締め、おいらんは着物の上に白い打ち掛けを羽織っている。なぜ白かというと、武家では八朔の日に大名や旗本が白い帷子（かたびら）を着て登城し、将軍に祝辞を述べる行事が行われたからだ。徳川家康が一五九〇年八月一日に江戸城に入った、とされているからである。いわば江戸徳川の誕生日のようなものだろう。

しかしキリストの誕生日が冬至の祭りに合わせてつくられたように、家康の入城も実際にはこの日ではない。八月一日はすでに鎌倉時代から「憑(たのみ)」と称する互いに贈答をする行事が武家にあったので、この日に入城したことにしたのだった。

「憑」は「田の実の節句」という農村行事が起源だ。この時期、早稲の実がつく。稲の初穂を神に献じるところや、作柄をほめてまわる予祝儀礼、米粉で馬を作るなど、さまざまな田の祭りがあった。盆の終わりという位置づけをする集落では、ナスに足をつけて田の神を送る。田の実は「頼み」につながり、農作を助け合った家どうしで初穂を贈り合ったことに源がある、と推測されている。

鎌倉時代の武家社会では贈答が盛んになり過ぎて禁止命令が出されたという。日本の贈答習慣の起源かもしれない。それにしても、季節や作物とともにあった多くの年中行事が忘れ去られている。とても残念だ。

（'20・9・16）

密が育てた文化

着物業者さんからの手紙に、お茶会、踊りや三味線など芸事の発表会、落語、芝居、着物の展示会などが次々と中止になっている、と書かれていた。「このままでは日本文化はどうなるのだろう」という懸念である。料理屋、お茶屋、芸者さんたちの世界も、キャンセルがあいつぎ、立ち行かなくなっている可能性がある。

以前、江戸時代の人々は比較的、社会的距離を保っていたことをここで書いたが、芝居や芸事となるとそうでもない。茶会は広い場所でおこなうこともあるが、基本的には狭い空間で密になって茶をたて、掛け軸を拝見し、茶わんをめで、話し、茶をいただく。芝居は皆が前を向いておとなしく鑑賞したりはしない。酒を飲み、食事をし、掛け声をかけ、つまらなければ後ろを向いて宴会となる。祭りは、人がかたまってみこしをかつぎ、狭い山車の上で太鼓をたたき笛を吹く。芸者さんや太鼓持ち、落語家などは座敷で客と酒を酌み交わしながら歌い踊る。

社会的距離を保つ日常（ケ）の日々とはうってかわって、ハレの日々には人と密になって楽しむことで、日本の文化は育ってきた。それがなくなることなど、江戸時代には一日もなかったであろう。地震や火事があったとしても、すぐに復興してまたそういう日々をつくり上げたのである。

大学という場も単に教壇や黒板を見て勉強するためだけにあるのではなく、まさに「居場所」である。学生たちが集まっては一緒に活動し、議論し、しゃべり、自分の考えを練る場所だ。私は対談をもとに『自由という広場』（法政大学出版局）という本を書いたが、それは大学の「場所」と「時間」がいかに人生に大きな影響を与えるか、さまざまに実感しているからである。学生たちが集まる場をなんとか再開したい。すでに秋学期は始まっている。慎重さと思い切りの二つを使い分けながら、速度ある判断をしなければならない。

（'20・9・23）

十五夜

今年は一〇月一日が旧暦の八月一五日にあたり、十五夜である。日本では新暦になって祝いにくくなったのか、子供のころも中秋の名月をめでた記憶がない。しかしもちろん江戸時代には「月見」として盛んだった。里芋、柿、栗、ススキを月に供える。吉原では客に月見杯を送った。

一九八六年に北京大学にいたのだが、その年は九月一八日が十五夜で、大学中が沸き返っているのに驚いた。毎年そうだという。月餅が出回るのもこの時期で、巨大な月餅が各種売られていた。私はその時の日記に「月がぎらぎらとして眼(め)を射る」と書いている。日本の月とは明らかに異なっていた。湿度が違うのである。その日は円明園の廃虚を訪れる予定だったが、頤和園(いわえん)の昆明湖に船を出すことになり、上海から誰かが買ってきた月餅をいただきつつ、円明園の廃虚を思い浮かべながら船に乗った。素晴らしい、忘れられない体験である。まるで古代日本に返ったようだった。

十五夜は奈良時代に中国から伝わり、月見をしながら歌を詠み、管弦で遊んだという。地理的条件が異なるので、同じ日でも違う月に見えることを、私は体験していた。ぎらぎらした強烈な光を放つ北京の月と、どこかおぼろげな日本の月とは、同じ日でも全く違う。それこそが風土というもので、それぞれの味わいある詩歌管弦が生まれる。地球上での位置が異なることから生じる、まさに多様性だ。中国文明は東アジア一帯を席巻した。日本はそれを模範とした。しかし風土は異なった。だからこそ、その独自性に合わせた中国文明の使い方が発展した。それが季節の行事に表れた。そして日本文化がつくられていった。

今はどうか？　バレンタインやハロウィーン商戦では風土と季節の関係を感じ取る方法がない。「季節」という要素が思考から排除されたのだ。それを月見の日につくづく寂しく思う。

（'20・9・30）

教師の役割

江戸時代が役割社会であることはたびたび書いてきた。ところが、その役割をまじめに考えているのかというと、そうでもない。「気質物（かたぎもの）」と呼ばれるジャンルがあった。「世間〜気質」という題名で、身分、立場、職業などで人が決まりきった発想をするのを誇張して描き、笑い、からからのである。

考えてみれば人間とは創造的な動物である。いかに役割社会であろうと、人はその典型を破り、ロールモデルの無いところから創造することができる。「象徴天皇」という極めて抽象的な役割を、上皇さまと上皇后さまは手探りで少しずつ創造された。トップはいかにあるべきかを一般論として考えるのではなく、今この世界で自分は何をなすべきかを考え続け、それを丁寧に形にしていくことこそ大切だと教えられた。

いま教師の役割が大きく変わりつつある。大学の履修単位は学習時間によって定義されている。それは授業時間と自習時間の合計であるが、学生の自習を見張ることはできないので、結局は講義する時間×回数で決めている。しかし対面授業にオンラインやオンデマンドを併用するようになると、時間に意味はなくなる。飛ばしながら見る学生もいれば何度も見る学生もいるのだ。

大切なのは学生がそれぞれのやり方で学びながらも、目標として設定したことを理解し使えるようになることである。「こんなに時間をかけて教えたのに、なぜ分からないんだ！」と言いたくなる教師はもう通用しない。高みから教え育てる「教育」から、学生が自ら興味を感じて学び、能力がついてくることを面白いと思える導きこそ、教師の役割になっている。

では学生の達成をどう測ったらいいか。それを考えるのがコロナ後の大学の課題である。達成には目標が必要で、一部の目標を学生自らが決めるという仕組みも考えてよいだろう。

（'20・10・7）

女性リーダーの役割

前回、役割社会の江戸であっても従来の役割にあぐらをかいていると、からかわれ笑われるのがおちだ、と書いた。そして教師の役割の変化に触れた。

総長という役割についてインタビューされることがある。たいていは「女性の」が前につき、「どのようにキャリアアップできたのか」と「リーダーはどうあるべきか」は必ず聞かれる。前者についていえば、大学教員で総長になることをキャリアアップと考える人はいない。研究の延長線上にはない役割だからだ。そこで、なっていただきたい方を説得して立候補してもらうために苦労する。

私の場合は学部長として大学のもつ課題を痛感することがあり、それを解決すべくマニフェストを掲げた結果であった。組織や社会を少しでも変えたいと思うことと出世願望とは相いれない。しかもほとんどの女性が出世願望を持たない。女性の役員が増えない理由もそこにある。しかし変えたいことなら、女性にもあるはずだ。

リーダーはどうあるべきか。多くの女性たちは、強い力で人を引っ張っていくことに価値を感じない。戦争をやっているわけではないのである。むしろ人々が何を目指し、何に困っているかを聞き分け、課題を整理し結びつけて少しでも解決していくことが大切だ。それなら、「結びつける」リーダーになればよい。

リーダーやマネジャーのありようについて一般論で語るのはもうやめよう。「私は何をどう変えたいのか、私ならどういうリーダーになるのか」を女性一人一人が考えるようになったとき、日本のジェンダーギャップ指数（男女格差指標）は、現状を脱するだろう。

女性活躍の目標は役員三〇%だ。しかし政権の女性閣僚はたった一〇%、二人しか入らなかった。ここで三〇%が達成されるだけで、まったく新しい政権であることを国民は感じ取ることができただろう。惜しい。

（'20・10・14）

忖度と恐怖

一〇月に単衣(ひとえ)から袷(あわせ)になるので、私はだいぶ前から袷の着物を着ている。江戸時代では旧暦九月一日が衣替えだ。早いように見えるが、今年は新暦の一〇月一七日にあたる。ちょうどよいころだ。

その江戸で一七八九年の旧暦七夕の日、駿河小島(おじま)藩の中枢にいた年寄本役の倉橋格という人物が亡くなった。その約三カ月前、老中の松平定信から呼び出しを受けたが、病気だとして応じなかったのである。恐らく家に閉じこもったまま、自殺か病で亡くなったのだろう。この人物、ペンネームを恋川春町という。呼び出される前、彼は松平定信の政策を黄表紙でからかったのだった。このことは以前にもこのコラムで触れたことがある。なぜなら、応じなかった理由と亡くなった原因が気になって仕方ない。

権力をもつ人間に呼び出されるという状況は、それほど恐怖なのか。

　松平定信はこの次の年に「寛政異学の禁」を出すのだが、これは幕府の学校で儒学を学ぶのであれば朱子学だけにしろという命令であって、藩校にも私塾にも儒学以外の学問にも適用されない。にもかかわらず、忖度（そんたく）して朱子学を積極的に取り入れる藩校もあった。

　江戸時代のことを考えるときには、この国が将軍の国であったことを考えるだけでなく、むしろ武士階級に根強く存在していた忖度と権威権力への恐怖感を考えるべきだと思う。それも、武士階級に限ってのことである。二世議員、三世議員が多い現代だが、江戸時代はそれどころではない。人口のわずか一〇％弱ではあるが、家代々まるごと将軍あるいは大名に雇われているのだ。生活の首根っこをおさえられているのだから忖度と恐怖があっただろう。

　翻って考えると、現代の我々は政府に子々孫々依存しているわけではない。選ぶ権利は国民側にある。忖度する必要も恐怖する必要もないのである。口をつぐむ理由がない。


（’20・10・21）

菊の節句

今年は一〇月二五日が旧暦の九月九日で重陽(ちょうよう)の節句、つまり菊の節句の日であった。しかし、この重陽の節句は、三月三日、五月五日、七月七日に比べ、忘れられている。

菊は奈良時代の日本にはなかった。平安時代に中国から薬用として輸入されたことがわかっている。中世で広まっていったが、なんと言っても盛んに栽培されたのは江戸時代に入ってからだ。一七世紀末には二五〇種の菊が栽培されていて、コンテストが大好きな江戸人はさっそく「菊合わせ」という品評会を始めた。これは全国に広がり、現在でも数々の菊花展として続いている。

菊は家紋としても使われた。中世では武士階級が、明治以降は天皇家が家紋に使っている。ところでヨーロッパの紋章には動物が多いが、日本の家紋の三五%ほどが植物紋だ。二七％ほどが笠（かさ）、扇、帆などの道具類、一七％ほどが文字や幾何学紋、鳥を含めた動物紋は一四％ほどだ。そして七％ほどが月や星など天文地理関係である。それらが極めてシンプルに抽象化されている。家紋のデザイン感覚は日本独特のもので、簡素で美しい。菊も家紋も、もっと活用したい。

ちなみにこの日は江戸時代では、着物が袷（あわせ）から綿入れに替わる衣替えの日でもあった。袷の二枚の布の間に蚕の繭を伸ばした真綿を縫い込む日だ。この綿入れの着用が旧暦三月末まで続く。菊と綿入れは、ひんやりとした風が吹き始める季節の象徴なのである。

この「江戸から見ると」では、季節の変化に気づいていただきたく、今は旧暦でいつごろであるか、江戸時代の人たちは何をしていたかなどを、できるだけ書いてきた。そこに、直近の出来事への所感を合わせている。二〇一五年四月から始めたこのエッセーの一九年一二月分までをまとめ、他のエッセーもいくらか入れて、青土社から『江戸から見ると』1、2として二巻刊行した。よろしければ手にとってみてくださ い。

（'20・10・28）

見せしめと萎縮

江戸時代の処刑の一部は「見せしめ」刑であった。縛り上げて衆目にさらす、市中引き回しをする、斬首の後その首をさらしておく、などである。見せしめの効果はもちろん萎縮である。

江戸時代の人々は現代人に比べて死を恐れないところがあり、首謀者が死罪になると分かっていても一揆はすぐに起きた。現代人はそうではない。現代では、人事異動、任命拒否、中傷で十分に萎縮効果があるのだ。いわば人権に配慮した見せしめである。

江戸時代には軽い見せしめもあった。庶民向けに考案された「手鎖（てじょう）」で、三〇日、五〇日、一〇〇日がある。知られているのは洒落本（しゃれ）によって手鎖五〇日の刑を受けた山東京伝である。山東京伝によって、江戸時代の黄表紙と洒落本は論ずるに値する優れたジャンルになった。だからこそ影響力があると見たのだろう。萎縮効果は絶大で、この後、山東京伝は洒落本を書かなくなった。しかし執筆力は衰えない。煙草(たばこ)入れの店を出して生活費を確保すると、二五年間にわたって多様なジャンルで書き続けたのである。

私は今まで寛政の改革にかかわるこれらの弾圧について、さほど強い関心を持たなかった。それより江戸文学の創造性のほうがはるかに、考えるに値するものだったのだ。しかしこのごろ、江戸時代の見せしめと萎縮が人ごとだとは思えなくなってきた。政治家や官僚だけでなく、大学関係者、研究者、執筆者たちが萎縮し始めている。萎縮の典型は「政権を批判したら、報復として不利な立場に置かれるかもしれない」という、報復政権への恐怖感に由来する推測だ。

それとともに起こっているのが「ご飯論法」として知られるようになった「すり替え」である。政権の論法が人々に伝染してしまったかのように、さまざまなすり替えを耳にするようになった。こういう状況は、戦後日本で初めてではないだろうか。

（'20・11・4）

酉の市

新暦で語ろうか旧暦で語ろうか迷うときがある。例えば「酉の市」である。新暦では、今年は一一月二日、一四日、二六日が酉のつく日で、江戸時代から酉の市で知られた浅草の鷲神社では酉の市が開催される。市で売られる熊手は、鷲が獲物をわしづかみすることから、その爪を模し、福徳をかき集める意味の縁起物だ。

江戸時代では祭礼が行われ、「酉の町」と呼ばれた。旧暦なら一の酉は一一月六日で今年は新暦で一二月二〇日にあたり、二の酉である一一月一八日は来年一月一日にあたる。酉の市は真冬に立ったのである。であるから年末に酉の市を語ってもよいわけだが、先日風が冷たくなったなと感じ、ふと酉の市を思い出したのだった。

その理由は二つある。一つは樋口一葉の『たけくらべ』の一節だ。「朝夕の秋風身にしみ渡りて」と始まるくだり。蚊取り線香が懐炉に変わり、三味線の音が土手の細道に落ちかかるように聞こえ、芸者衆が歌う「君が情けの仮寝の床に」という唄も哀れに聞こえてくる、という。この時節から吉原遊郭に通ってくる客は「身にしみじみと実のあるお方」だと、ある遊女が語った、という。

もう一つが歌川広重『名所江戸百景』の中の「浅草田圃酉の町詣」である。吉原遊郭の部屋の中と思われる窓辺。白い猫が丸くなって窓の外を眺める。その視線の先に酉の市に行き来する人の列が、夕暮れの影のように見える。座敷には熊手形のかんざしが放置され、取り回した屏風の裏紙が絵の隅を縁取る。屏風の向こう側は描かれない。

一葉の文章とこの絵はぴたりと重なる。ひんやりとした秋の空気のなか、「身にしみじみと実のあるお方」の心のぬくもりが、猫のぬくもりとともに、冷たくなっていくこの世界を包み込む。誰一人取り残さずに。本当はそんな社会にしたい。

（'20・11・11）

質素と自由の国

アメリカの大統領選挙が終わった。このような機会があるごとに、「国のリーダーとは何か」を考えてしまう。江戸時代の政治思想である儒教では、世を治める立場ある人を「君子」と称した。仁・義などの徳と思いやりがあり、広く深い教養をもつ者だけが君子に値した。上に立つ者はその生きる姿勢、人間観、価値観によって目標とする社会を指し示し、あるべき人間の範となるからだ。

君子の対極の概念が「小人(しょうじん)」である。「君子は義に喩(さと)り、小人は利に喩る」と言われるように、徳をもつ者は人間はどうあるべきかを常に考えるが、徳をもたない者は自分の利益ばかりを考える。小人が国のリーダーになったら「自分の利益だけ考えて生きてもいい」というメッセージを人々に与え続けることになる。幕藩制より民主主義国家の方が良いに決まっている。しかし国のリーダーを選ぶことが自分の利益を実現してくれる人を選ぶことであれば、選挙は単に利益の奪い合いになる。私は投票者として「どういう世界が望ましいか」を投票の基準にしたい。

ウルグアイの大統領だったホセ・ムヒカさんが一〇月に政界を引退した。「根本的な問題は社会モデルであり、見直さなくてはならないのは生活スタイルである」という姿勢を貫き、大統領時代にはその給与の大半を貧困層に寄付した。「世界一貧しい大統領」と言われたが、本人は「私は貧乏ではない。質素なだけ」と言う。なぜなら「貧乏な人とは、無限の欲があり、いくらあっても満足しない人のこと」だからだ。一方、質素は「自由のための闘い」だと言う。

ウルグアイは総電力供給に占める再生可能エネルギーの割合が九七%にまで達した。二〇一七年には、温室効果ガス排出量を〇九〜一三年の水準から八八%削減したという。質素な国は世界でもっとも先進的な国でもある。首相や大統領のありかたは、その国民のありかたでもある。

（'20・11・18）

学びの時間

今年度は世界中の大学が授業をオンラインに切り替えざるを得なかった。学生たちはその状況をどう受け止めているのか。アンケート結果が出はじめ、次第に明らかになってきた。

約六〇〇〇人を対象にした、ある国立大学のアンケート結果に見えるのは、課題が多すぎることや友人と交流できないことに悩む一方、今後もオンライン授業を授業形態に取り入れてほしいと回答した学生が「大変そう思う」と「そう思う」で合計八〇%に上ったことである。理由の筆頭は通学時間が不要になったことだ。

本学のアンケートでも、オンライン授業はデメリットがある一方、自分の時間配分で学習できたことなどメリットがあるとした回答は七〇%に上った。自由記述から見えてくるのは、教員や他の学生との間にコミュニケーションがとれている授業を肯定的に捉えていたこと。一方的で質問ができなかったり、フィードバックがなかったりした授業には否定的だった。

どうやら大事なのは「自らによる時間管理」と「コミュニケーションがとれること」である。近代の学校制度では授業時間とその回数を基礎とする「単位」という考え方や入学・卒業の時期は文科省が決めた。一方、江戸時代では、いつ入っていつ出て行っても構わない。自分が「学んだ」「力がついた」と思えればいいのである。近代の学校は教育する側の管理で成り立ち、前近代は学ぶ側の納得で成り立っていたということだ。

教育内容の良しあしは別として気になるのは「時間」に対する考え方である。学びを深める時間は個々で異なる。近代は工場生産の発想で、決まった時間内にたくさん生産することが価値となった。しかしコロナ禍のなかで見えてきたのは、オンデマンド配信になると時間が個人に取り戻されるということだ。学ぶ時間とは何か？　学生の身になって基本から考えなくてはならない。

（'20・11・25）

生きる時間

前回は「学びの時間」について考えた。実はコロナ禍を体験して、人にとっての時間とは何か、をさまざま考えるようになった。

江戸時代の人々にとって時間は、目の前にまっすぐ、未来にまで伸びている線のような矢印のようなものではなかった。四季の循環が「時間」なのであって、今年の恵みをまた来年もと祈ることはあっても、右肩上がりでモノや金を増やすために時間があるとは、考えなかったのである。

今年一〇月、『苦海・浄土・日本』（集英社新書）を刊行した。石牟礼道子論である。石牟礼さんは「数」を恐れる人で、歴史的年代を順番に考えるのも苦手だった。ましてや未来の経済的発展のために今日を生きることはなかった。脳裏には子どもの頃の水俣の記憶、祖母の記憶、土地の古老たちから聞いた山や海や草木の話、目を凝らして見つめていたさまざまなモノづくりの面白さ、そして見聞きした歴史上の出来事などが、時間を超えて共存し渦巻いていたようで、既に全集が出てはいるが、少女の頃から書き続けたノート類がまだ膨大に残っているという。

法政大教授で小説家の島田雅彦さんと対談した。東京新聞に連載中の小説『パンとサーカス』や今年刊行された『スノードロップ』（新潮社）など伺いたいことは尽きない。とりわけ、日本の男尊女卑の象徴である場所における女性の抵抗を書いた『スノードロップ』は、多くの女性に読んでほしい。最も不自由な立場にある者が確信を持って自らの生き方を貫こうとするスリリングな小説だ。対談で、やはり「時間」が話題になった。島田さんの作品は歴史的過去から未来までが混じり合う。いくつもの時や世界に出入りする。自分をリニアな時間で管理しようとしなければ、人間の頭脳は複数の時間に出入りしているのではないか？　そんな対話になった。時間は「自由」という問題と深くつながっているようだ。

（'20・12・2）

言葉の深化

いらだちをトゲのある言葉にしてツイートし合うような自己表現が、世間にあふれている。あるいは、尋ねられたことをすり替えて継続不能にする対話が繰り返されている。近ごろ言葉が貧しい。そう感じるたびに心がささくれ立ってくるようだ。

そんな日々の中、朝日新聞と法政大学共催で今年も「朝日教育会議」を開催した。編集工学研究所所長の松岡正剛氏と建築家の隈研吾氏に来ていただき「これからの大学 for ダイバーシティ〜多読・会読・連読の場」という題名で、無観客で行った。

最初に、私からコロナ禍で世界中の大学が変わる中、気づいたことを話した。題して「コロナ禍で発見した五つのこと」である。まず「私たちは対面で何をしていたか」を振り返った。人は驚くほど多様な情報をやりとりしている。他の人の表情やしぐさ、姿勢、身体、声音などから多くの情報を受け取っている。「言葉で何をやりとりしていたか」を振り返ると、意味だけではなく抑揚や話し方でさまざまなニュアンスを伝えていたことがわかる。さらに「大学にとって教室とは何だったか？」「大学にとって時間とは何だったか？」を話し、最後に「何が大切か」を提案した。

オンライン化に伴って言葉による伝達の比重が大きくなっているにもかかわらず、言葉が貧しくなっていること、今こそ言葉の深化が必要で、言語表現において、皆が詩人になるほどの全身的で根源的な表現の凝縮が必要になっていることを語った。

江戸時代の藩校や私塾では学び始めの段階で、音読によって体に古典の言葉を刻み込んだ。言葉の拠点を持った個人はそこに戻りながら意味を反芻（はんすう）し、自分の言葉を編んでいった。読書とは自分の中に言葉の拠点を持つことだった。深さと粋を持った言葉をどうすれば取り戻せるだろうか。

（'20・12・9）

本の森を歩く

今年の一二月一五日は旧暦で一一月一日だ。江戸時代では顔見世狂言開幕の日である。この日は、アメノウズメの踊りを見た人々の感嘆の声を聞いたアマテラスが、閉じこもっていた岩屋戸を自ら開け、そこから引き出された日とされ、歌舞伎の始まりとされた。これは冬至の天空の比喩でもある。

江戸時代の劇場は、空中や水中や突如現れる橋や建物を駆使し、驚きに満ちていた。そんな顔見世狂言のことを考えながら、角川武蔵野ミュージアムを訪れた。前回紹介した朝日教育会議にご登壇いただいた松岡正剛さんが館長を務め、隈研吾さんがデザインしたミュージアムである。

森の中に巨石が出現した。その前に真新しい神社がある。岩や巨石はかつてご神体とみなされ、自然の魂の現れとして祭られていたのだ。この巨石こそ隈さんが設計したミュージアムである。中に入ると本の森が現れる。高さ八メートル。上に続く本棚は「本棚劇場」と名づけられ、松岡さんが造り上げたものである。アメノウズメに誘われて岩屋戸の内側にいざなわれたら、そこは暗闇ではなく、むしろ別世界が開かれていた。そんな物語を思い描く。

ここは本によって構成された劇場であり森であり街である。アニメミュージアムや現代アートの空間、武蔵野の自然と歴史を知る場所もある。そこに立ち寄りながら本の森を歩き続けると何が起こるか。本のイメージが変わる。

本は常に分類されている。ここでも分類されてはいるのだが、それは分野ごとにではなく連想ごとにである。松岡さんは今までも、自らの仕事場、大学の図書館、本屋の一隅などで実験を重ねてきた。本の森を訪れる人々は、自分ならこれとこれをああ置いて、などと置き方を自分ごととして想像し始める。そうか、それも「本を読む」ことなのだ。

鼎談（ていだん）以来、私は「読むとは何か」を考え続けている。

（'20・12・16）

場所の個性、人の可動性

一二月二一日は旧暦の一一月七日で冬至であった。前回書いた江戸の顔見世狂言の始まる一日が冬至であれば良いのだが、そうぴったりは重ならない。しかしとにかく、めでたいことにアマテラスは外に出てきて、太陽は生き返ったのだ。

朝日教育会議での鼎談（ていだん）について、まだ語りたいことがある。空間のことである。隈研吾さんは鼎談の中で二つの重要なことをお話しになった。一つは、オンラインで離れた場所がつながるようになったことで、それぞれのいる拠点の特性が、今まで以上に意味のある重要なものになった、ということである。大学もオフィスも、都会など交通の便の良いところにあることに、あまり意味はなくなった。それは、それぞれの場所の足元を見つめることができるようになった、ということなのである。大学はその立地の特性をもっと引き出し、カリキュラムにいかすことができれば、異なる大学と単位互換をするのが面白く、意味あるものになる。同じようなカリキュラムや思想が並ぶのであれば、少しも多様にならないからだ。

もう一つ、身体の置き所ということで言えば、椅子や机をどこにでも移動でき、誰とでも対話できる環境の方が頭脳は柔軟に働き、人はいきいきする、と語ってくださった。そういえば江戸時代の寺子屋では子どもたちが活発だが、その理由の一つは、自分の机をどこに置いてもよかったからだろう。教室のあらゆるものを可動式にすることは、学び方に影響する重要な要素なのだと気づいた。

場所の個性と個人の可動性という組み合わせは、人間があらゆるものを読み解きながら生きていることと無関係ではない。隈さんは、本や空間や場所を読みながら建築家になっていったご自身のことを話してくださった。私たちが読んでいるのは本だけではない。しかし「読む」というその行為は本から始まる。これもまた、確かなことなのだ。

（'20・12・23）

Ⅱ　江戸から見ると 2021 年

改まる日

江戸時代の正月は、何もかもが改まる日であった。まず、農家や問屋など生産や取引を行っている組織では、暮れの間に半年か一年の支払いを済ませる。個人も信用買いをする人が多く、その清算は一二月末日までに行った。井原西鶴『世間胸算用』は副題を「大晦日(おおつごもり)は一日千金」といい、その中でこう書いている。「節季をしまいかねて迷惑するは、面々覚悟あしき故なり」。つまり暮れの支払いができなくて困ってしまうのは、日ごろの心掛けが悪いからなのである、と。この大晦日を「銭銀(ぜにかね)なくては越されざる冬と春との峠」と表現している。まさに冬から春になるのが元日であったが、同時に暮れに清算を済ませることができれば一段落。改まった気持ちで正月を迎えることができたのである。

寒さも一段落、冬から春に改まるのも正月だった。しかし私たちにそういう実感はない。それもそのはず、今年の一月一日は旧暦でまだ一一月一八日であった。しかもなんとその二日前は満月だったのだ。『世間胸算用』は冒頭で「世の定めとて大晦日は闇なること、天の岩戸の神代このかた、しれたる事なるに」と書く。晦日は「暗い日」という意味で、月が欠けきる。そして新年は朔日（さくじつ）（初めの日）、つまり新月の暗闇から始まる。これもまた、光へ向かって天が改まる日であったのだが、新暦では天も改まらない。

さらに、人は個々人の誕生日にではなく、元日に一斉に年をとる。人は宇宙につながり天体の一部である、という認識だろう。このように、個人や組織から、寒暖明暗の具合まで、すべてが改まるからこそ、それを愛（め）でる気持ちになり「おめでとうございます」と言いかわす。

今年の旧暦の元日は二月一二日にやってくる。この日には新型コロナウイルスが収束し、何もかもが改まっているだろうか？　とてもそうは思えないが。

（'21・1・6）

英雄

ＮＨＫＢＳプレミアム「英雄たちの選択　伊能忠敬」に出演した。一三日と二〇日（再放送）に放映される。この番組は歴史学者の磯田道史さんが司会をしておられる。面白くないはずがない。

それにしても驚いたのは、伊能忠敬を「英雄」とした点であった。古代や戦国時代であればそう呼ばれる人もいるだろうが、江戸時代の人物をそのように位置づけることはなかった。卓見だ。忠敬はそう呼んでもおかしくない人物だからである。

出演依頼のきっかけは、番組のディレクターが千葉・佐原に調査に行ったことだった。二〇一九年三月に私が佐原で講演した内容を聞いたという。その時のことを同月二〇日のこのコラムで「自治」という題名で書いている。佐原で分かったのは、約一七年間かけて行われた極めて正確な測量の土台には忠敬の名主としての姿勢や生き方があった、ということだった。

　今回の番組も中心は測量の話ではなく、幕府から河岸組合の結成と運上金の支払いを迫られた佐原で、過去の記録を示して営業の自由を守り抜いたことや、天明の飢饉で打ち壊しの可能性が迫ったとき、武力で抑えるのではなく、困窮者を支援することで佐原を守ったことなど、リーダーとはどうあるべきかを、考えさせられる内容となった。危機に対応できる真のリーダーには、権力欲ではなく他者への共感力と、共に生きようとする姿勢がある。それでこそ必要な決断ができるのだと、この「英雄」は教えてくれる。

　さらに、忠敬が持っていた知識と知性にも目が開かれる。外部から多くの商人が入ってきて暮らす河岸としての佐原では、洪水に備えた測量技術が必要だった。だからこそ測量に必要な天文学を学んだのだが、そこにとどまらず天文の視点から日本と地球の全体を見ていた。江戸時代には、視野の広さと学問への敬意を持つリーダーがいたのである。


（'21・1・13）

喝！ 何？

松岡正剛さんとの対談本『江戸問答』（岩波新書）が刊行された。二〇一七年に刊行した『日本問答』の続編である。「喝！ 何？」とは、これ自体が「何？」と思ってしまう題名だが、この本の帯の写真で、漫画の吹き出しのように松岡さんが「喝！」と言い、私が「何？」と言っているのである。これは松岡さんのアイデアだ。

その意味は読んでいただければわかるように、松岡さんに「江戸論も江戸文明論も、今までまったくできていないじゃないか。何やってたの！」としかられ、「それはあの、いろいろ、アカデミックなこういう事情、ああいう事情があって……」と言い訳しながらなんとか語る、という内容で、それが実にスリリングな問答になったのだ。

そこで、「喝！」と私が言われているわけだが、「何？」のほうは声音によって二つの意味が出る。「に」を強くして語尾を上げると戦闘的だ。柔らかく言えば「それが何？」ととぼけていることになる。どちらに読めるだろうか？ ちなみに帯の裏は、二人とも表とは打って変わっての笑顔。松岡さんが「了！」と言い、私が「連！」と言っている。了は了解の了か、終了の了か？ 「連」は私の江戸論のキーワードだが、「この問答、これからも続けます」という意味にもとれる。これも読んだ方次第で解釈は変わる。

実は一八年三月二八日のこのコラムで「江戸問答」という題名は使ってしまった。この時は法政大学江戸東京研究センター主催の対談のことを書いた。そのころから「日本問答」に続いて「江戸問答」を語り合う構想があったが、二人ともごく限られた時間しか割くことができず、少しずつ実現していったのである。

ところが二〇年になると、状況が変わった。コロナ禍も入れて編集を変えねばならない。そんなふうに、その時々の時代の変化が織り込まれつつ、二人の織物がようやく完成した。

（'21・1・20）

女だろ！

今年の箱根駅伝では見事な逆転優勝があった。その後、それについて取材の申し込みが来た。何かと思ったら、逆転した選手を激励するために、監督が発した「男だろ！」が注目を集めているが、どう思うか、という問いである。

しかし、「男だろ！」と叱咤激励されて本当に効果が出るのかどうか、男でない私にはわからない。そこで何人かの男性に聞いてみて、わかったことがある。それは、ここでいう「男」とは、女性に対する男性という意味ではなく、かつて「男になる」が元服を意味したように「大人である」ことだ。また、かつては「壮士」と書いて「おとこ」と読ませた。「男」とはやる気に満ちた立派な男性のことと思うらしい。「男だろ！」と励まされた時に脳裏に浮かぶのは、自分を律することができ、自分なりの考えと役割意識をもち、責任を果たし、人を導くことのできる立派な人間のことなのである。

アスリートがそういう男性像を示されながら、「男だろ！」と言われた時に、その男性像に自分が乗り移るスイッチが働くよう訓練されれば、確かにそのスイッチは入るのだろうと思う。

では一般社会には、目標となる男性像があるか？　江戸時代にはあった。それを象徴するのが「君子」と「小人」という対（つい）である。小人は自分の欲しか頭にないような俗物のことだ。君子は他者をおもんぱかる仁（愛情）があり、人たる道を追究することに怠りなく、自分を常に謙虚に顧みる。男性の小人に当たるのが女性の「女子」である。だから女子と小人は養い難い、つまり導くのが難しいのである。君子に当たるのが「淑女」で、深い徳のある女性を指す。

今や「人として立派」と言えるモデルを失い、男性は揺らいでいるようだ。女性だけでも、あこがれるに値する人物像を多様に生み出し、「女だろ！」と言われてしゃんとなるようにしようではないか。

（'21・1・27）

仕事

パートタイム・有期雇用労働法で義務づけた「同一労働同一賃金」が大企業を対象に導入されているが、今年四月からは中小企業にも適用される。コロナ禍で多くの非正規労働者が職を失った。大きな社会問題だ。正規・非正規の差が縮まり、そのどちらにもセーフティーネットがかけられないと、社会は脆弱（ぜいじゃく）になる。

二〇一九年の総務省の労働力調査によると、非正規雇用の割合は男性では男性雇用者全体の二三％だが、女性では同五六％に上る。そこにコロナ禍が襲来。二〇年の上半期に職を失った非正規労働者の約八〇％が女性だったという。とりわけ女性の中に、格差がもたらす貧困が広がっているのである。

現代の非正規雇用について江戸時代の仕事から考えようと思ったが、そのありようがあまりにも異なり比較できない。喜田川守貞が江戸時代の職業や生活を紹介した『守貞謾稿（まんこう）』では、武家とその奉公人や農家、町年寄、町名主、家主などは「人事」と分類される。いわば社会の基盤を成す役割ということだ。商家、問屋、棒手振（ぼてふり）（行商）などは「生業（なりわい）」に分類される。社会基盤の上で、物を流通させる仕事だ。水売り、初がつお売り、納豆売りなど一人一品でも仕事を始めることができる。古布・古紙の売り買い、荷物の運搬などは常に人手が必要だ。神道者ら宗教者、太神楽や獅子舞などの娯楽業は「雑業」としている。人を安心させたり、楽しませたりする仕事というわけだ。しかし、遊郭と歌舞伎芝居はまったく別の項目で詳細に記述される。「文化」という認識だ。

正規・非正規という概念は、集まって一日約八時間働く工場労働の固定化に由来するだろう。しかし、どんな時代にも、絶対的に安定している仕事などはない。武士も明治維新でほぼ全員が仕事を失った。仕事は時代によって常に変化、流動し、新しく作ることもできる。仕事のニューノーマルを考える時期だ。

（'21・2・3）

一七の目標

　ある雑誌のインタビューに応じることになり、その質問項目を見ていたら、「江戸時代には今注目されているＳＤＧｓのシステムが既に存在していたといいます。現代にも生かせるヒントなどがありましたらお教えください」とある。意味がわからない。ＳＤＧｓはゴールつまり目標の束であって、システムではないし、国連のアジェンダだから江戸時代にあるわけもない。インタビューの時に、ＳＤＧｓ（Sustainable Development Goals）という言葉の翻訳である「持続可能な開発目標」を循環システムのことだと勘違いしていることがわかった。

　しかし、私はこのことをきっかけに、「江戸からＳＤＧｓを見るとどう見えるだろうか？」と考えるようになったのである。

ＳＤＧｓについては、二〇一九年三月に本コラムで取り上げた。そのころ大学で「ＳＤＧｓ総長ステートメント」を出したからである。それをきっかけにＳＤＧｓの目標に合致する科目をリスト化してＳＤＧｓ科目群とし、学生がそれらを一定程度以上、単位取得した場合は履修証明書を発行することにした。同年度時点でその科目数は四五四科目となり、ＳＤＧｓの認知度も二〇年度には学生・教職員全体で九〇％にまで増えた。

国連の目標に研究や教育、企業活動を照らし合わせてみるという行動は、現代では誰もが当然と思える共通の目標が存在しないことを示している。しかし、持続可能性のためには、共通の目標を持たねばならない。ＳＤＧｓの一つ一つはまさに、地球の未来にとって「当然と思える目標」であり、一七の目標が矛盾することなく連関している。それをまずは目指すべき世界像としたことの意味は大きい。

例えば、目標１「貧困をなくそう」、目標２「飢餓をゼロに」は、人間が生き物である以上、最初に考えるべきことだ。やはり江戸から見てみよう。

（'21・2・10）

新春と農業

二月一二日は旧暦の元日だった。このごろ関東地方は暖かい日があったかと思えば、急に寒くなり、時々雨や雪が降る。これが春への兆しである。そして新春がやってきた。

二月一八日は旧暦の一月七日で、二十四節気の雨水である。雪が雨に変わる地方では、農事を始める時期とされる。春の七草をいただく日でもある。旧暦を知ると、日本が農業によって成り立っていたことと、それによって飢餓を克服してきたことを思い出す。飢饉（ききん）に襲われることもあったが、食料自給率一〇〇％の社会を、私たちは確かに持っていたのである。

ＳＤＧｓ（持続可能な開発目標）で、一七ある目標の二番目は「飢餓を終わらせ、食料安全保障および栄養改善を実現し、持続可能な農業を促進する」とある。国連のより詳しい説明によると、食糧安全保障とは「すべての人が活動的かつ健康的な生活を営むために必要な食事や嗜好(しこう)を満たす十分で安全で栄養価に富む食事」を入手できるようにすることである。それは江戸時代はもちろんのこと、今日でもなお、金銭的な富を得ることではなく「持続可能な農村・農業開発を進め」ることで成し得るのである。お金があっても安全な食べ物がなければ、私たちは飢餓に襲われる。だからこそ、安全保障が必要なのだ。

「飢餓と闘う国連機関のほとんどは、とくに農村地域の貧しい人口層を中心に、食料安全保障を強化する社会的保護計画を進めている」とある。江戸時代も、農村から江戸に出てくる人は多かった。しかし、都会での仕事は不安定である。仕事を失った時、実家のある農村に帰ることができた。農村は本来貧しい地域などではなく、食糧生産拠点であり、ものづくりの拠点だった。しかし、国連機関は「農村地域の貧しい人口層」を焦点にしている。そもそも「貧しさ」とは何なのか。次回はそれを考えてみる。

('21・2・17)

貧困

国連のＳＤＧｓ（持続可能な開発目標）で、目標1に掲げられているのは「あらゆる場所のあらゆる貧困を終わらせる」というものだ。貧困や格差は、常に世の課題の筆頭である。

江戸時代の貧困は、身分とは対応していなかった。例えば、武士は収入が安定してはいるが、裕福とは言えない。住まいは与えられるがその維持費のほか、衣類、刀剣類、人件費など、武士の体裁を守るために出費が多い。家禄（かろく）を継げない次男以下は、後継者のいない家に婿に入るか、別の仕事を探す。天皇家や公家なども裕福ではないので、欧州のように広大な城は建てられなかった。

大まかに言って、武士より商人の方が身分は下だが裕福だ。とはいえ、店を持っている商人と売り歩く商人とはずいぶん違う。被差別民は貧しいような印象を受けるが、関東では巨大な組織を持ち、そのトップは武家屋敷並みの住まいに暮らしていた。関西では、農地を持つ人々もいた。

江戸時代に最も生活が安定していたのは農民だった。「寄合（よりあい）」という議会をもち、名主をはじめとする村方三役がおり、組、講、結などの小組織を基盤としたコミュニティーを持っていた。貧困に陥った農民が再起を図ることができる制度もあり、セーフティーネットが稼働していた。農地を持たない「水呑（みずのみ）」と呼ばれた人たちも、実際は商人や流通業者だった。

国連によると、「世界のもっとも貧しい人々の大多数は農村地域に住んでいる。工業化や都市化へ急ぐあまり、農業部門へは十分な投資が行われなかった。国連はさまざまな方法でこの不均衡を正そうとしている」とある。現代では貧困と農業が結びついているのだ。そこで目標1では、多くの農業政策が述べられている。私たちはこのことを知った上で、働く場を増やし、格差を解消する方法の一つは農業の振興にある、と考えた方が良いように思う。

（'21・2・24）

ジェンダー平等

国連が掲げるSDGs（持続可能な開発目標）の目標5は「ジェンダー平等を達成し、すべての女性および女児の能力強化を行う」とある。背景にあるのは「女性と女児は世界のいたる所で依然として差別と暴力の対象となっている」という危機感だ。国連はジェンダー平等を「すべてのSDGsを達成するために不可欠の手段」とし、SDGsの中心に据える。

江戸時代の女性のほとんどは働いていた。それは働く人の約八割を農業人口が占めたからだが、商家では経営者として働く女性も珍しくなかった。長屋でも、長唄や三味線の師匠や、裁縫で生計を立てる女性もいた。しかし、江戸時代の問題は、都市での女性の職業選択範囲が狭いことだ。経済的に困窮すると吉原などの遊郭で働く。遊郭では教養も求められる。女性たちにとって容姿を磨き、教養を深める道につながり、希望を持てたかもしれない。だが、そこには性を売るという現実があった。

国連が懸念するのも、性の売買に等しい状況についてである。「一八歳になる前に結婚した女性の割合は二〇一五年ごろ二六％に下がった」という報告は、少女たちに自分の意思によらない、売買に等しい結婚をやめさせたためである。「女性器切除の慣行が集中している三〇カ国では、一五歳から一九歳までの少女の三分の一がこの処置の対象となった」という報告は、残酷な因習を根絶するためである。そして「女性と女児は介護から料理、洗濯まで無償労働の大半を行っている」という報告は、無償労働は家族皆で負担すべきだという考えに由来する。

江戸時代の女性たちは、人権意識も決定権という言葉も知らなかった。東京オリンピック・パラリンピック組織委員会前会長の発言に見られるように、日本ではいまだに一部の人は、女性をそういう存在だと思っているようだ。女性が決定権を持つ地位に就くことは、重要なのである。

（'21・3・3）

サムライ問答

一月二〇日のこのコラムで、その日に発売となった松岡正剛さんとの対談書『江戸問答』（岩波新書）に触れた。この対談は「面影問答」「浮世問答」「サムライ問答」「いき問答」で構成されている。

「面影問答」は、個々人の中にこそ日本の面影つまり風景や日々の生活や界隈（かいわい）、祈りの場所などの記憶が蓄積されていて、そこに日本や江戸文化を語る拠点がある、ということを対話した。「浮世問答」では、江戸時代に学問の多様化と「オタク」化が起こり、さまざまな学校が出現したことや、文化をつくる人々の連、その背後の経済などについて語り合った。

「サムライ問答」は、明治時代、日本について英語を使って著し、海外で出版した三人の人物、内村鑑三、新渡戸稲造、岡倉天心から始まる。なぜなら近代日本の骨格を作ったのも、日本を海外に向かって語り始めたのも、彼らのような地方の藩士つまりサムライの家の出身者たちだったからだ。彼らが日本について何を「書かなかったのか」が、私の関心の的であった。江戸時代の大半を欠落させた近現代の日本観は、元サムライたちが外に向かって「見せたかった日本」なのである。

「サムライ問答」ではさらに、サムライとは「自分はなぜここにいるのかがわからない、という感覚をかかえたまま生きていた人たち」ではなかったか、と推測した。それに対し松岡さんは「それって日本のビジネスマンに近いね」と応じている。

「いき問答」では、日本のエロスの様式、ファッション、音曲、心もとなさ、やるせなさに価値を置くありようなどについて対話した。刊行後に聞こえてくる評判では、「サムライ問答」が特に面白かった、という。ビジネスマンたちが我がことのように感じるらしい。「私って何?」というサムライのやるせなさこそ、これからの世界の出発点であるように、私には思える。

（'21・3・10）

明治時代の東京

前回の「サムライ問答」では、明治時代に近代の礎を作った人たちとしてのサムライを話題にした。しかし、サムライ階級の人たちは政治に関わっただけでなく、大学を作ることにも関わったのである。このことは以前も「大学のふるさと杵築（きつき）」や「都市と大学」などでも取り上げた。前者では、大分県杵築市を訪れた機会に、法政大学の創立者たちが藩士の家の生まれであり、杵築藩の藩校と私塾で学んだことを書いた。後者では、法政大学、明治大学、関西大学の創立者たちが、ボアソナードというフランスの法学者から法律を学んだという共通点があり、そのことで三大学連携協力協定を結んでいることを述べた。

その回で私が「気づいた」としたのが、明治になってからの大阪や東京などの都市と大学との関係であった。その関心が、二〇日に開くシンポジウム「都市と大学――三大学の源流」で結実する。開催中のＨＯＳＥＩミュージアム開館記念特別展示「都市と大学――法政大学から東京を視る」（四月二三日までの予定）に合わせてオンラインで開催される。

このシンポジウムでは、私が明治大学と法政大学の設立事情をお話しする。両方とも三人の若者が創立した大学なのだが、彼らのうち五人は藩士つまりサムライの子供たちで、一人は学者の子供であった。そして全員が、日本の各地から東京に出てきた者たちである。東京には着々と官僚制度ができつつあった。そして今の神保町、駿河台、九段といった東京の中心地、つまり江戸時代に下級武士の家が建ち並んでいた地域に、彼らは学校を作ったのだった。

一方、関西大学は、経済活動が展開した大阪の中心地ではなく、新たに鉄道とともに開発された郊外で発展した。近代を迎えた大阪と東京の大学のありようの違いは、なにわと江戸という、商人の町とサムライの町との違いが反映しているのである。

（'21・3・17）

進学率過去最高

三月二四日は毎年、法政大学の卒業式である。日本武道館で行われる。昨年は実施できなかったが、今年は実施する。戦後の日本では大学進学率が急上昇した。二〇二〇年の大学・短大への進学率は五八・六％、大学のみでは五四・四％、高等専門学校、専門学校を含めると八三・五％と、いずれも過去最高を更新した。

日本では、近代的学校制度を定めた「学制」が公布された一八七二（明治五）年から、全ての国民が教育を受けることを目標とした。それはやがて義務教育制度になった。ということは、江戸時代では子供に教育を受けさせるのは義務ではなく、制度でもなかったのである。それでも生活の必要性から、多くの子供が読み書きを習い算術程度はできた。だが今のように、ほとんどの国民が高等教育を受けるような社会ではなかった。

世界にはまだ、江戸時代のような状況の国がいくつもある。国連のＳＤＧｓ（持続可能な開発目標）では、教育の普及もテーマの一つだ。「すべての人に包摂的かつ公平で質の高い教育を提供し、生涯学習の機会を促進する」とある。国連はとりわけ女性の教育に力を入れている。教育を受けた女性は、より健康で収入があり、そうした女性の子供は死亡率が低く、栄養状態も良く健康に育つとし、このため「少女や女性が国連全体で多くの教育計画の対象となっている」と説明する。課題は、アフリカ諸国を中心とした小学校教師の不足だ。三〇年までに二六〇〇万人近くの教師が必要になるという。

コロナ禍で見えてきたのは、人それぞれの適性と要望に沿った学びへの転換や、生涯にわたって学ぶ仕組みの導入だ。しかし、それは一斉教育によって教育の裾野を広げたからこそ、次の段階が見えてきたということだ。世界に視野を広げてみると、教育現場は人手不足だ。教師として世界のどこかで働くことも、若者の選択肢の一つであろう。

（'21・3・24）

隠居

三月三一日、総長の任期満了となり、教師としても退職した。法政大学の専任教員の定年は六五歳である。その後、学部が「余人をもって代え難い」と判断し慰留した場合に限り、一年ごとに定年を延長する。上限は七〇歳である。幸いなことに六九歳まで延長し続けてくださった。私はまだ七〇歳に達していない。しかし、たった一年のために講義やゼミを改めて捻出することなど、してはならない。そこで上限に達する前に、教師としても退職することにした。

江戸時代では、このように職を退くことを「隠居」という。隠居は基本的には次の代にその職位を譲ることだが、職位がない場合も社会的な役割を退くことを隠居と言った。つまり年齢に関係なかった。現代日本では能力、体力に問題がなくとも一定の年齢で「定年」とするが、米国には定年制度がない。江戸時代の日本にもなかったわけだから、定年は普遍的な制度ではない。特に江戸時代は、若くして武家の跡取りをやめることや、商家の仕事から離れることも隠居であり、二〇代、三〇代で隠居することもあった。

歌川広重が火消し同心職の家督を正式に譲って隠居し、浮世絵の道に本格的に進んだのは三五歳の時である。松尾芭蕉が町名主の家の仕事から退き、俳諧師になったのは三三歳ごろだ。伊能忠敬が商人としても名主としても家督を譲った後、江戸で天文学を学び始めたのは五〇歳の時だった。江戸時代の役割社会では、若い頃から好きな道に進める人ばかりではなかったことがわかる。まずは役割を果たし、機会をみて退き、そこから自分の人生が始まる。それが「隠居」のもう一つの意味だったのだ。

経済的利益や社会的地位に執着したらそういう行動は取れない。いつの時代も、お金や地位よりも、自分が最も大切だと思う生き方を貫く人はいるのである。そういう生き方を尊重できる社会にしたい。

（'21・3・31）

死という到達点

退職後の生活が始まった。今までも退任する総長、学長たちと言葉を交わすと、皆ニコニコ顔だった。誰にとっても重責であり、何より極めて忙しいからである。法政大学の総長は理事長と学長を兼ねており、教育に関する会議でも経営に関する会議でも、議長を務める。学長は教育に要する経費がいくらでも欲しい。理事長は収入と支出のバランスを取るために財布のひもを締める。その矛盾した役割を、一人の人間が担うのだ。正月以外に休みは取れない。

ようやく執筆に戻れることもうれしい。先延ばしにしていた著書のスケジュールが決まり始めている。では、その生活は以前と同じ研究、執筆生活なのかというと、そうではない。総長任期中に母の在宅介護をすることになり、何より私自身が老いた。

老いるということがどういうことなのか、介護と自分自身の体調から、よくわかるようになった。

老いに対する現代人と江戸時代の人々との姿勢は、ずいぶん異なる。江戸時代の人にとって死はすぐそこにある。幼児死亡率も高く、高齢になっても老いを止めたくなること（アンチ・エイジング）など、誰も考えない。養生によって病を予防しようとはするが、どんな病気も医療で治る、などとは思っていない。サプリメントで若返る、などという幻想も持っていない。

私も毎日体を動かし、仕事に支障が出ないよう気をつけてきた。しかし、それでも不調が表れる。そして退職を間近にして「死」がはっきりと途上に見えた。そこで、死と向き合って生きていくことにした。「江戸時代の人たちはこうだったのだな」と思えた。もちろん高齢になったとしても、人はいつ死ぬのか、わからない。ずっと後かもしれない。しかし長さの問題ではない。死が到達点に見えていればこそ、日々を丁寧に充実させて生きることができる。そのような長い視野を持てたことがうれしい。

（'21・4・7）

最後の文人

『最後の文人　石川淳の世界』（集英社）が直（じき）に刊行される。私を含め、石川淳をさまざまな角度から読んできた五人の共著だ。

石川淳とは何者か。私にとっては、江戸文化への道を開いてくれた作家である。一八九九年つまり一九世紀に生まれたフランス文学者、翻訳者であり、芥川賞作家だ。祖父は昌平黌（こう）の儒学者であったといい、それゆえ石川淳は漢文を読みこなし、古書と江戸文学に詳しく、執筆範囲は東西の文学にわたった。まさに「最後の文人」である。私の江戸文化論は石川淳を拠点として展開してきた。

石川淳はその小説の中で、赤裸々な日常生活を書く。しかし人間は生活しながら頭の中には別の世界が存在するものだ。例えば主人公の「わたし」がものを書き続けているのであれば、その書いている対象の世界も小説に出現する。主人公が書いている作品と、主人公が生きている現実とが交差する。すると、実在として見えている人物が物語の登場人物に重なる。目の前の人間が、何百年も前の他の人間の映しであるという「見立て」「やつし」は江戸文化の基本構造であり、石川淳はそれを方法とした。歌舞伎やSF、ゲームのようでもある。『狂風記』は一九八〇年の刊行当時、多くの若者に読まれた。

私はその約一〇年前、大学生の頃に『石川淳全集』を読んで、江戸文化の根幹をこの手につかんだ。それまで全く関心のなかった江戸文化と、出合ってしまったのである。しかし自分のつかんだものが何なのか、言葉にならない。それを発見するために江戸文学研究に入っていった。

今回は石川淳の「絶対自由」「精神の運動」という言葉を軸に論じた。人が自由でいるためには何が必要か。石川淳にとってそれは、絶え間なく書き続けることだった。あなたにとって自由でいるための生き方や行動とは何か？　石川淳を読むと、それが問われる。

（'21・4・14）

刀剣

先週の水曜日（四月一四日）は旧暦三月三日の「上巳（じょうし）の節句」だったが、この節句については昨年詳しく書いた。そしていつの間にか二十四節気の「清明」が終わり、二〇日から「穀雨」に入った。田植えの準備に入る時期である。江戸時代の農村風景を思い浮かべながら、一方で全く別のことが気になっている。

きっかけは雑誌『東京人』の五月号だ。「江戸東京と刀剣」という特集を組んでいる。江戸時代の人にとって刀とは何だったのか。私はこの問いを置き去りにしてきた。しかし気になっていた。なぜなら、戦国時代の日本はアジアにおける鉄砲技術の先進国だったからだ。

川中島の戦い、長篠の戦い、朝鮮侵略、大坂夏の陣など、いずれの戦争でも大量の鉄砲が使われた。そして元和偃武（げんなえんぶ）と言われる、海外での戦争及び内戦の終結に伴って鉄砲は厳しく規制された。火薬の原料となる硝石も国内で生産できるようになっていたので、経費の問題ではない。武士たちにとって鉄砲は戦争の道具。そこで偃武（武器を伏せて使わない）によって鉄砲は封印されたのである。

一方、いわば官僚となった武士たちは剣を腰に差した。剣は集団戦争の道具ではなく個人の管理下に置かれる。人を斬れば罪に問われる。失態があれば責任をとって自死する道具にもなる。剣を体に帯びることは、平時において有事を覚悟することだった。江戸時代の学問においては最初に身を修めること、つまり自己制御を学ぶ。剣は自己制御を強いただろう。

「偃武修文」と中国の古典『書経』に言う。軍事をやめて学問を修めることだ。鉄砲は軍事の側にあり、刀剣は武士にとって、もしかしたら学問の側にあったのかもしれない。少なくとも「美」とともにあった。しかし剣に相当するものを我々は持たない。結論が出ない。江戸文化は難問だらけだ。

（'21・4・21）

人文社会科学

三月に総合研究大学院大学の長谷川眞理子学長と対談した。長谷川学長は理学博士で人類学者。進化生物学の著書が多い。対談では日本の科学が話題になった。近代に欧米から科学技術が導入された時、その背景にあった哲学や宗教を深く学ぶことはなかった。科学技術だけが切り離されて日本に入り、人間についての学が不在のまま科学技術が進んできた、という話題であった。

私は江戸時代の事例を挙げた。江戸時代においては、学問とは何よりも人文社会の学のことであり、政治には思想があり、人はどう生きるべきかを学ぶことが学問であった、という話をした。一方、自然科学は中国、ポルトガル、オランダから、それぞれの医学を導入した。江戸時代では医学が先端を走り、次いで薬学や植物学に相当する本草学が盛んで、さらに問いを解くタイプの算術がゲームのように存在していた。人文社会の学は学問の中心だったが、江戸に置き去りにされたのだ。

そして今、日本の科学技術基本法は「科学技術・イノベーション基本法」と名称を変え、対象分野にこれまで除かれていた「人文科学のみに係るもの」が追加された。人工知能（AI）やIoT（モノのインターネット）などの進展により、人間や社会のあり方と科学技術との関係が不可分となったからである。もっともなことだ。科学技術基本計画にもその役割が盛り込まれることになっている。

にもかかわらず、日本を代表する学術団体である日本学術会議は、首相の任命拒否によって第一部（人文・社会科学）の一割近い数の会員が依然として任命されておらず、部会、委員会、分科会などの会務の遂行に困難が生じている。政治家はなぜこうも一貫性がなく矛盾することを平然と実施するのだろうか。全体が見えていないのではないか。政府の科学技術基本計画を進めるために、早急に任命すべきである。

（'21・4・28）

アジア系差別

今年の五月一二日は旧暦で四月一日、つまり夏の始まりである。この日から旧暦六月末までが夏だ。

その夏の始まりに暑くるしい話題だが、米国でアジア系の人々へのヘイトクライム(憎悪犯罪)が止まらない。殴られたり、蹴られたり、暴言を浴びせられたり、日系を含めアジア系の人々は恐怖におびえる毎日だという。

アメリカ大陸には一七世紀にアフリカから多くの奴隷が連れて来られた。一九世紀に入ると、中国人移民を労働力として投入するようになり、市民権も土地の所有も認めないまま中国人排斥法を成立させた。その次は日本人移民だった。米国における日本人差別の歴史は二〇一八年一〇月二四日のこのコラムに「移民」という題名で書いで入れられた。やはり土地の所有も借地もできず、白人との結婚を禁じられ、果ては収容所にまで入れられた。

今の憎悪犯罪はコロナ禍で急に起こったわけではない。長い間の潜在的な差別感を表に出すことをトランプ前大統領が事実上許容した結果だろう。差別の歴史を知り、向き合い、それを恥だと思う白人が多ければ五〇〇年を超えるアメリカ先住民や黒人への差別、二〇〇年近くになるアジア系への差別は乗り越えられたはずだが、それを怠ってきたとしか思えない。

人ごとではない。日本人の韓国・朝鮮の人々への差別も同じである。古代から江戸時代を経て日清戦争、日露戦争、太平洋戦争、朝鮮戦争、南北分断の歴史を知り、それに向き合った人は、ヘイトスピーチを実に恥ずかしく思い、決して許さないだろう。差別と憎悪は、自分の無知と思考力の無さをさらけ出しているようなものだ。

差別の要因の一つが嫉妬だ。能力のある外国人を自分への脅威とみなす。江戸時代では、嫉妬は最も醜い心情の一つだった。自分の有利不利しか考えないからだ。近代ではあまり非難されなくなったが、差別と嫉妬の組み合わせには要注意である。

（'21・5・12）

配偶者の選択

前回は、差別と嫉妬の組み合わせに要注意、と締めた。実はそれについて以前から気になっていることがある。皇族の結婚に対する週刊誌による激しいバッシングだ。購買数を稼ぐため頻繁に個人攻撃をしているのだろうか。そうだとすると、多くの人が喜んでいて、それを極めて不快だと感じる私はおかしいのだろうか？

不快感の最大の理由は、個人の尊厳に対する侵害だと思えるからだ。憲法二四条では、配偶者の選択や婚姻は個人の尊厳を尊重することになっている。その他の法律でも守られている。皇室典範では、女性皇族の結婚は皇室会議の承認を要さないという。結婚後は一般人になるからである。

江戸時代ならこういうことは起こらない。天皇家や公家の結婚に関心を持つ人などいなかった。皇女和宮が将軍家に降嫁した時はさすがにざわついたが、これは公武合体という政治体制の根幹につながる大事件だったからだ。

それでは今、皇室の女性の結婚相手選びについて大出版社の編集者たちが腕をまくって、人々の憎悪をあおるかのように書き立てているのは、どういう理由からなのか。女性そして一般人という要素の組み合わせに、憎悪が芽生えるのだろうか。理解できない。このことを人権の観点から、ようやく四月二八日の東京新聞が取り上げた。そこにはシングルマザーへの差別感が根底にあるのではないか、という見方も書かれていた。

私の母方の祖母はシングルマザーだった。父方の祖母も祖父が早くに亡くなっていたので、二人の祖母はいずれも女手一つで子どもたちを育てた。両親が経験したような差別は過去のことだと思っていたが、「完璧な家庭」幻想による差別感はまだ根が深く、そこにはやはり嫉妬が加わっているのだろう。しかし、完璧な家庭という幻想にとらわれながら嫉妬することこそ、苦しくはないだろうか？

（'21・5・19）

憲法二四条

前回は憲法二四条二項に記載されている「配偶者の選択」に関わる、個人の尊厳と両性の平等について書いた。ついでに憲法改正を党是としている自民党の憲法改正草案でこの二四条を確認したところ、驚くことに「配偶者の選択」という言葉が消えていた。

まず現行憲法では、二四条は二項から成る。しかし自民党の草案には三項ある。なぜなら第一項が加わっているからだ。それは「家族」である。「家族は、社会の自然かつ基礎的な単位として、尊重される。家族は、互いに助け合わなければならない」と。戦後日本で個人の尊厳、両性の平等を明言した輝かしい二四条は、この第一項の追加によって、意味が変わってしまった。そして第三項つまり現行の第二項からは

「配偶者の選択」と「住居の選定」が消え、「家族、扶養、後見」そして「親族」まで加わった。

改憲をどう考えるかは個々の自由だ。しかし考えるにあたって、ぜひ行ってほしいことがある。それは、現行憲法と自民党の改憲草案との比較である。この二四条だけ見てもわかるように、これは「改憲」の草案ではない。全く異なる価値観で書かれた、全く別の国になるための別の憲法であると言えるだろう。

江戸時代の武家は家制度で成り立っていた。自民党の二四条は江戸時代に戻るような案である。それなら当時のように夫婦別姓、夫婦別財産制にしなければならないが、別姓すら決められない。いっそのこと国民の八割が農業を営み、食料自給率一〇〇%で二酸化炭素（CO_2）排出量が限りなく低い江戸時代に本格的に戻ったらどうだろうか。食住一致の暮らしがあれば家族をもっと大切にできる。国内総生産（GDP）の競争と新自由主義もなくなる。それも悪くない。しかし、草案で江戸回帰への可能性を感じさせる内容は二四条だけで、他の項目は戦前への回帰である。

（'21・5・26）

憲法前文の日本

現行憲法二四条の冒頭に自民党憲法改正草案が加えた「家族」について前回は書いた。しかし、ここだけ抜き出しても自民党の草案の本質は見えてこない。やはり憲法は前文が多くを語っている。

現行憲法は主権が国民にあること、日本国民は恒久的な平和を念願していること、政治道徳の法則は普遍的であること。その三つの部分でできている。この普遍的政治道徳とは「全世界の国民が、ひとしく恐怖と欠乏から免かれ、平和のうちに生存する権利を有する」ことで、従って「自国のことのみに専念して他国を無視してはならない」のである。この「全世界」という広い視野は平和についても通底している。「平和を愛する諸国民の公正と信義に信頼して、われらの安全と生存を保持しようと決意した」のであった、と。これが九条の武力放棄につながっている。武力放棄によってこの「信頼」を宣言することで、自分たちの安全と生存を保持する、という決意なのである。

幕末に「攘夷」という行動をとった江戸時代から見ると、驚くべき考え方だ。平和と生存は攘夷によってではなく、全人類が等しく生存する権利つまり人権を持っていることを受け入れること、その全世界への信頼を持つことによって達成される、というのである。

この前文を自民党の草案はすっかり書き換えた。そこに見える日本は「天皇を戴く国家」であり、「国民は、国と郷土を誇りと気概を持って自ら守」らねばならず「和を尊び、家族や社会全体が互いに助け合」うべきで、「憲法制定の目的」はなんと「国家を子孫に継承するため」であるという。そして一条で天皇を「元首」とした。全世界も他国も個人も見えていない。まさに幕末の攘夷思想だ。

二四条と前文を比較しただけでも現行憲法と自民党の草案とは、その国家観が全く異なることがわかる。どちらを選ぶかは、主権者に委ねられる。

（'21・6・2）

日本化の過程

近ごろ、葛飾北斎そして算術（数学）について、それぞれ原稿の依頼があり、楽しんで書いた。まったく別のテーマなのだが、江戸時代がデジタル社会のように思えた。北斎の出現と算術の興隆には共通点がある。それは、第一に海外から移入されたものをそのまま使うのではなく、作り直して日本化したことだ。次にその日本化したものが、印刷されたことで庶民にまで広く普及したことである。

北斎は中国の絵手本と、ヨーロッパの遠近法や幾何学、化学顔料を使って、浮世絵風景画というジャンルを開いた。その仕事の場は基本的に「本」であった。ふすまやびょうぶ、掛け軸は「家」に属し、皆で見るものである。しかし、本は一人一人が手に取って読む。印刷技術と出版社の発展によってメディアがパーソナルなものになり、その個人化されたメディアに、情報が落とし込まれていった。江戸時代は、まるでパーソナルコンピューター時代の到来のような意味を持っていたのである。

江戸時代で最も読まれた算術の教科書『塵劫記』は、中国の数学書を基にして日本の市場経済に必要な算術書に編集され、普及した。著者の吉田光由は豪商の角倉一族の人だった。その角倉家の角倉素庵は、河川の開削や海外貿易、鉱山調査まで行った実業家である。そして徳川家康が始めた漢文書籍の活字印刷技術を、本阿弥光悦が書いたひらがなを使って、ひらがな活字印刷に転換した。それを契機に京都には次々と出版社が出現した。『塵劫記』もそれにならって、わかりやすいイラスト入りの印刷物になった。その結果、算術は広く庶民のものになった。

今はデジタル化社会だ。しかし、江戸時代にはあった大事なプロセスが欠けている。それは「日本化」の過程だ。海外のものをそのまま市場展開しても、独自の変革は起こらない。日本化の方法を思い起こすことが、喫緊の課題である。

（’21・6・9）

性風俗という仕事

一日の朝日新聞「交論」は「社会の中の性風俗業」という議論を掲載した。コロナ禍で収入の道が途絶えた女性たちが多く出現したからである。この業界で働く女性は推定三五万人ほどだという。虐待などにより精神疾患を患って昼間の仕事につけない女性や、一人で子供を養うシングルマザーもいるという。対立した論点は「持続化給付金の対象から除外すべきか、除外すべきでないか」であった。

除外すべきだ、と主張する人の意見は、売買春を禁止・違法にして買春者を罰し、売春者の罪は問わない方法で世の中からなくしていくべきだ、という考えだ。そうすることで女性の人権を守る意図である。除外すべきでないという主張は、不健全であっても社会の中に存在していることを認め、税金を納めている業者には支払うべきだ、という主張である。この世界の女性たちは自業自得という考えが強く、公助を求めないという。だからこそ手を差し伸べねばならない、という考えだ。

江戸時代研究者にとって、遊女をどう考えるかは大きな問題である。遊郭論も近々書くことになっている。結論から言うと、私は売買春を禁止・違法にして、この職業をなくすべきだと思っている。

江戸時代の遊女たちは今と異なり、業界内の格差が大きかった。超一流のおいらんは深い教養があり、日本文化を担うほどの存在だった。一方、道や川船で春を売る女性たちもいた。しかし、どちらも、業者に支配されていた。そして年齢が高くなると仕事ができなくなり、別の仕事を探さねばならない。病気や暴力の危険とも隣り合わせだった。業者がいて高収入の仕事があるから、家族のためにその道を選んでしまう。なければ他の仕事を探しただろう。

遊郭があったからこそ、文学や浮世絵も豊かになった。実に奥深いものだが、やはり女性の人権の方がはるかに大事だ。

（'21・6・16）

琉球弧

六月二三日は沖縄慰霊の日である。この時期にたびたび沖縄について思うことを書いてきた。今年は別の観点から書こうと思う。

安全保障上の重要施設周辺や国境離島の土地利用を政府が調査・規制する「重要土地利用規制法」が一六日、参院本会議で可決、成立した。重要施設とは、自衛隊や在日米軍基地などの防衛施設、海上保安庁の施設のほか、原発などの生活関連施設で、その周囲約一キロや国境離島を「注視区域」に指定し、政府がその土地の所有者と土地・建物の利用実態や取引を調査できるようにする。施設機能を妨害する行為があった場合、政府が行為の中止を勧告・命令できる。

この法律で私が気になったのは、陸上自衛隊がミサイル配備を進めようとしている沖縄県の宮古島や与那国島、そして陸上自衛隊配備に向けた駐屯地が建設されようとしている石垣島である。石垣島を中心とする八重山では、一五〇〇年に「オヤケアカハチ」が祭りの復活と重税撤廃を求めて一揆を起こした。琉球王国が離島を支配したからであった。江戸時代はその琉球王国を薩摩藩が搾取した。

この構図は、米国が沖縄本島に米軍基地を置き、日本が離島に自衛隊を配備して日米安保と地位協定の体制を完成させようとしていることと、どこか似ている。違いは、江戸時代の琉球は独立王国であって、日本ではなかったことだ。しかも琉球王国は中国の冊封(さくほう)国で、中国皇帝が琉球王を承認して統治を保証した。しかし今、沖縄は日本国憲法の下での日本であり、沖縄の人々の一人一人が日本国民として主権を持っている。

沖縄研究で法政大学の博士号を取得した石垣市議の内原英聡氏は、沖縄では戦争が終わっていないどころか、琉球弧の軍事強化、軍事要塞(ようさい)化が進んでいる、と以前から危機感を募らせていた。私は今回の重要土地利用規制法で、この危機感をはっきりと共有するようになった。

（'21・6・23）

さつきに考える循環

今年は六月一〇日が旧暦の五月一日で、その日から「さつき」となり、徐々に梅雨らしい天気となった。「さつき晴れ」は本来、五月の晴れではなく、新暦六月の梅雨の間の貴重な晴れ間のことなのだ。

五月は江戸時代では一年の循環を感じる大事な田植えの季節でもある。先日、循環をテーマとするテレビ番組のインタビューで、「なぜ江戸時代の人は資源が有限だと知っていたのですか?」と質問され、びっくりして一瞬言葉が出なかった。気を取り直し、「それは、資源が実際に有限だからです」と答えた。しかし、その答えに納得できないらしく、繰り返し聞かれた。どうやら質問者は資源は無限だと思っていたようだ。

その勘違いの原因は、はるか大航海時代にさかのぼる。後にフロンティア精神と名付けられるこの動きは、新大陸、アフリカ、アジアに入って、既に人々が循環を大事にしながら使っている「有限な」資源を収奪した。その中には人間そのものも入っていて、その資源を「奴隷」と名付けた。

次に産業革命によって大量生産を実現し、商品を売りつけるために軍事によって「市場」を開かせていった。そこでも生産と市場のために土地や資源や労働力を収奪し、その土地を「植民地」と称した。収奪の対象は自然界全体に及び、それを実現するのが科学の役割だと信じられた。今は、その対象が宇宙に及ぶ。その世界で暮らしながら収奪する側にいると、なるほど資源は「無限」に思える。その結果、地球温暖化を招き、さまざまな災害が起こっている。

江戸時代の人々があらゆるものを循環させていることを知ると、最初は「遅れた貧しい時代だから」と考えるが、温暖化とＳＤＧｓ（持続可能な開発目標）の出現を目の当たりにして「なぜそんな昔に事実を知っていたのか？」という疑問が起こる。しかし、錯覚の世界に暮らしているのは、私たちの方なのである。

（'21・6・30）

短冊に書く願いは

今年の七月七日は旧暦では五月二八日で、まだ皐月(さつき)である。もちろん江戸時代では七夕ではなかった。旧暦の七夕は今年の場合、新暦の八月一四日になる。

まだ七夕ではないと言いながら、短冊が気になる。七夕の短冊には和歌や学問や裁縫の上達を願う言葉を書き入れ、笹(ささ)の葉に結んだのである。特に七夕の織り姫は、江戸時代の経済の中心に位置した布生産に関わりが深い。織物は主に女性の仕事とされ、日本全国の農村で盛んだった。「うち織り」と呼ばれる家族のための織りだけでなく、呉服屋からの買い付けに応じる地域もあった。そのような地域では、織物技術に優れた女性たちがかなりの現金収入を得たのである。

裁縫も単に家事の一部ではない。私の父方の祖母は早くに夫を亡くし、父を含め五人の子供を裁縫で育てた。つまり仕事だったのである。裁縫の技能や、着物をほどいて洗濯し縫い直す洗い張りの技術を持っていると、それによって収入を得ることができたのだ。個人客から頼まれるだけでなく、呉服屋や古着屋からの注文もある。

それで収入を得られるほどでなくとも、裁縫はできて当たり前の技術であった。私の母方の祖母は裁縫を仕事としてはいなかったが、私が幼い頃、ほどいた着物を板に張って乾かしていた光景を覚えている。普段着の洗い張り程度は自分でやる習慣だったのだろう。江戸時代の女性たちと明治生まれの女性たちの生活技能は、それほど異ならなかったようだ。現代でも、着物を着る者は襦袢（じゅばん）の襟を自分でほどいて取り換える。

現代の女性が短冊に書く願いは何だろうか？　運ではなく、能力の獲得を願ってほしい。ちなみに与党の政治家たちは東京オリンピックの成功を願うかもしれない。運任せの実施だからだ。しかし政治家たちも運ではなく、コロナ対策のために高い能力が身につくことを願ってほしい。

（'21・7・7）

水無月

いよいよ旧暦では六月、つまり「水無月（みなづき）」である。「無」という文字は誤解を招く。水無月は「水の月」のことで田に水を入れる月、という意味らしい。ただし梅雨時の皐月（さつき）に比べれば雨が少なく暑くなるので、水無月でもおかしくはない。しかし、そもそも月は数字で表しているのだから、名前までつけなくてもよさそうなものだと思うが、月名はひと月あたり、なんと五つの名前がある。水無月は他に風待月（かぜまち）、涼暮月（すずくれ）、蟬羽月（せみのは）、常夏月（とこなつ）という別名があるのだ。

このような別名はすべて季語となっている。つまり江戸時代の俳諧の中で生まれ育てられてきた。和歌は春夏秋冬で編集されるが、短歌はそれに加えて季語も使う。さらに俳諧の季語となると、春夏秋冬がそれぞれ三期に分けられ、夏では初夏、仲夏、晩夏と夏全般にわたる三夏の合計四つの分類になる。水無月は晩夏である。さらにそれぞれの時期の植物や虫、鳥、衣食、農事等々が細かく分類される。

『短歌研究』という雑誌の八月号で歌人の川野里子さんと対談した。実に面白かった。この号は女性ばかりで構成される。対談で私は、古代から近代に至るまでいかに女性の歌詠みが多かったかに注目した。江戸時代では俳諧や狂歌にも女性が参加した。歌や俳諧は自分の感情や考えを季節や風景、鳥や虫や月や花に託す。つまりいったん自分の外の共有の場に出て自分を表現する。託す言葉は膨大にある。多忙でも病があっても、ものを言うことにためらいがあっても、託すことによって自分を表現できる文化をもっていることは、この一〇〇〇年以上、どれほど心の救いになってきただろうか。

人を責めて憂さを晴らす文化ではなく、時には皮肉を交えつつも自分の心を確かめながら形にしてゆくことで、心は深められる。和歌俳諧の世界を文学として遠いところに置くのではなく、心の救いとして位置づけ直したい。

（'21・7・14）

同性婚

井原西鶴の『男色大鑑』にちょうどいまごろの季節の話がある。ノウゼンカズラの花が咲き乱れる庭に、夏菊も美しい。そこで行水をしている高齢の男性がいる。ここにひっそりと暮らすのは六六歳と六三歳の男性カップルだ。一九歳と一六歳の時に恋人になったが、一方に言い寄るしつこい男がいて、その男を討ち果たした後にずっと一緒に暮らしてきた。

江戸時代の武家社会ではこのように恋のトラブルが生じやすく、そういう理由で恋愛はご法度だったが、社会全体では普通のこととして受け入れられていた。なぜなら、同性愛そのものが社会を危機にさらすことはなく、むしろその美意識の高さが称賛されたからである。同性カップルは差別を受けず穏やかに暮らした。江戸時代は食料自給率一〇〇％で経済成長率も高かったが、同性愛を「生産性」と結びつけて非難することなど誰も考えなかったからだ。

七日、毎日新聞ウェブサイトに、ニュージーランドの元国会議員、モーリス・ウィリアムソンさんのインタビューが掲載された。議員だったころ、議会が同性婚を認める法案を可決した際に素晴らしい演説を行い、世界中から注目された人だ。「明日も、太陽は昇ります」「住宅ローンは増えません」「寝床にヒキガエルが入ってくることもありません」「世界はそのままです」「この法案は、影響のある人にとっては素晴らしいことであり、他の人にとっては、何も変わらないのです」――。議場は笑いに包まれた。なんともユーモラスで腑に落ちる演説である。最後を「汝、恐るるなかれ」という聖書の言葉で締めくくった。

ＬＧＢＴや夫婦別姓が日本を滅ぼすならとっくに日本人は滅びている。伝統に反し世界の常識にも反して性的少数者への理解増進の法案すら通せない日本の政治家は何を恐れているのだろうか？　人を幸せにすることを恐れない政治家を選びたい。

（’21・7・21）

為末大

東京オリンピック・パラリンピックがどうなっているか、本稿執筆時からは見えないが、私はスポーツ選手の記録よりも、その生き方と思想に関心がある。

法政大学の卒業生の中で私が誇りに思う筆頭は、元陸上選手の為末大さんである。為末さんは自分で目標を設定し、常に自分でメニューをこなした。それを受け入れたのが法政大学であった。

このオリパラの困難な状況の中で為末さんの発言が光っている。NHKの番組で「オリンピックは特別なのか?」という質問を受け、オーストラリアの先住民アボリジニで、二〇〇〇年のシドニー大会の陸上女子四〇〇メートル金メダリスト、キャシー・フリーマンがゴールした時の話をした。皆が泣いていた。その瞬間に国とか人種を超えて「人類」を初めて体験した、と。注目すべきなのは、勝った負けただけではは単なるスポーツ大会だが、多様性と調和という本来の理念をそこに入れることで人種や国籍を乗り越え、オリンピックに「成る」のだ、という発言である。ここには国威発揚を思わせる考え方も、経済効果を期待する考え方もない。これこそ江戸時代の日本では持てなかった「人類」の視点である。国や民族の側からスポーツを考える近代の視点も超越した、今こそあるべき思想だ。

オリンピックで大事なのは、皆が一つになることでも同じことをすることでもなく、多様でありながら決定的な分断にならないよう丁寧なコミュニケーションをとることだ、と。これは外交や政治にも当てはまるが、現在の日本に決定的に欠けている点でもあろう。

今回は観客その他をギリギリまで削って、その本質だけを残した「むき出しのオリンピックだ」と為末さんは言う。コロナ下での強引な開催で、私はオリンピックそのものに否定的な見方をするようになったが、まずはそのむき出しの「本質」を見つめてみようと思う。

（'21・7・28）

ざわつく日本美術

サントリー美術館開館六〇周年記念展「ざわつく日本美術」がとても面白い。たとえば江戸時代の尾形乾山「色絵菊文透盃台」である。名前の通り盃を置く陶器の台だ。既に何度も見ている。しかし今回はこの台を見ながら、九月九日の重陽の節句の日に、川のほとりの菊の群生の中にいるかのような気持ちになった。なぜか。いつも見てきた上からの菊と同時に、裏の流水文様が同じくらいの比重で迫ってきたからである。

今回の企画は「うららうらする」「ちょきちょきする」「じろじろする」「ばらばらする」「はこはこする」「ざわざわする」である。菊の盃台はあえてはっきり裏つまり底から見せることで、この作品の本来の意図を鑑賞者にまっすぐ差し出すことになった。「ちょきちょきする」では「佐竹本三十六歌仙絵・源順」から表装をすべて取り去って一枚の絵として見るようにし、「あなたならどう表装する？」と問いかけている。展覧会カタログには切り抜きもあり、自分で表装実験ができる仕掛けになっている。「じろじろする」では、展覧会で普通は見落としてしまう極小の宝尽くしや背景文様の意味を説き明かし、はくらくしてしまっている着物の金銀のすりはく跡も、実は目を凝らすと見えてくることを教えてくれて、まさにじろじろしたくなる。

「ばらばらする」は硯箱を使って、蓋表、蓋裏、身の三カ所に分けたときに見えてくる世界を案内している。「蓬萊蒔絵硯箱」では、表に蓬萊山の橘と梅と鶴亀を配置しているが、裏の松と竹はささやかで、硯とともにある水滴の芭蕉葉文様に手長猿が寝そべる。俳諧的でなんともしゃれている。

「はこはこする」はまさに圧巻。箱書きがこれほど中身に物語を付け加えるのか。箱で楽しさが倍増するとはすごい文化だ。作品を見るとは知識を増やすことではなく眺め尽くすことだと改めて気づかせてくれる。

（'21・8・4）

楽日憂日

上皇さまが皇太子時代に「日本人として忘れてはならない四つの日」を指摘なさった。どの日のことでしょう？　答えられない人は「反日」です。

それは冗談。しかし冗談でなかったのが、月刊誌における安倍晋三前首相の五輪開催についての発言だ。「反日的ではないかと批判されている人たちが、今回の開催に強く反対しています」と。「反日」という言葉は「親日」の反対語である。本や新聞をよく読む人なら親日・反日という言葉を、外国の政治家についての表現としてよく見るだろう。「親日の日本人」というのはおかしいので、反日も日本人に使うのはおかしい。間違った使い方だといえるだろう。

ところで冒頭のクイズである。四つの日の中の三つは、この八月に集中している。

広島に原爆が落とされた六日、長崎に原爆が落とされた九日、そして終戦記念日の一五日である。では残る一つは？

この日に終わった戦争では、その県民の死者・行方不明者は一二万人を超えた。この数は広島の原爆による死亡者の推計一四万人と、長崎の原爆による死亡者の推計七万四〇〇〇人弱の人数の間に位置する。それほど多くの日本人犠牲者を出した戦争の終結日を記憶にとどめないのは、安倍さんの考え方からすれば「反日的」であるはずだ。それは六月二三日。米軍との組織的戦闘が終結した沖縄の終戦日「慰霊の日」である。

反日という間違った使い方はもうやめよう。そこで別の言葉を提案したい。楽日と憂日である。

コロナ禍の五輪開催に大賛成の人は、その他の事も含めて日本について楽観的なので「楽日」と呼ぶ。今の日本があらゆる意味で心配だと思い、五輪開催にも反対している人は日本を憂うる憂日派である。私は、沖縄への姿勢も含め、楽日だらけの政治が心配でならない憂日派だ。ちなみに江戸時代でも楽国憂国という言葉があった。

（'21・8・11）

過集中

精神分析家の北山修さんが白鷗大学の学長となり、ウェブサイト上で講演された。講演の後、私と対談し、視聴者の質問にも答えた。その中に、「自分を表現できません。自分らしく生きるためにはどうしたらいいのでしょうか」という質問があった。私は「江戸時代の人たちのように分身を作って別世で表現するのはどう?」と答えた。北山さんは、その別世は「自然」が一番。森や海辺で一人に戻ってみると、違う自分が見えるよ、と付け加えた。

学長が専門分野を通して学生たちの心を支えることができるのは素晴らしい。羨ましい。昨年は私も学生たちに法政大学のホームページを通して語りかけたが、自己分析の方法が分かれば、お説教や体験談を聞かされるより、ずっと自分を見つめることができる。この対談で、私自身がその貴重な体験をした。朝日新聞で六～七月に連載「語る・人生の贈りもの」が掲載された。そのインタビュー中に思い出した出来事があった。

幼稚園の運動会の時のことだ。園児が目隠しをし、親の鳴らす楽器の音を頼りに走るという競走をした。母がタンバリンを鳴らしてそれを追いかけたのだが、私はゴールにたどり着くことさえできなかった。母は恥ずかしくて、私を置いて帰宅してしまった。

「タンバリンの音が全方向から聞こえ、その渦の中にいた」こと、それはとても気持ちの良い体験だったことを北山さんに話した。北山さんは「それはあなただけの体験ではない。精神医学では過集中と言い、結構あるんです」とおっしゃる。過集中は発達障害の症例の一つだ。子供のころ、空想の世界に入って授業が聞こえなくなったこと、集中により疲労困憊（こんぱい）するのでテレビをつけて原稿を書いていたことなど、心当たりは山ほどある。自分の傾向が名付けられることは、競争に勝つためではなく、納得して生きるためにとても重要だ。

（'21・8・18）

内発的発展

オリンピックが終わり、パラリンピックが始まったが、あまり楽しむことができず、私には全く別の時間が流れている。

七月三一日は藤原書店主催の「山百合忌」があった。山百合忌とは、故・鶴見和子さんをしのぶために命日に行う講演や公演のことである。今年は「着物から見る内発的発展」と題して私が講演した。

鶴見さんは米国の大学、大学院で学んだ社会学者。上智大学で教えていらしたころに面識があったが、いつも着物をお召しになっていた。私が大学で安心して着物を着ていられるのも、鶴見さんという先例があったからである。鶴見さんは着物のことを、自分を律することで初めて着られる衣類で自由の象徴だとおっしゃっていた。

この日、私は鶴見さんの著書『内発的発展論の展開』について話した。この書には熊沢蕃山（ばんざん）や釈浄因といった江戸時代の学者もエコロジーの先駆者として登場する。そして全体の趣旨は、「内発的発展論」と「近代化論」の違いを鮮明にすることにあった。

鶴見さんは「発展とは何か」を論じたさまざまな研究を分析し、発展論がほとんどの場合「内発的」発展を述べていることに気づいたという。外から押し付けられたものは発展につながらない、ということなのだ。では私たちが発展途上などと言っている発展とは何か。それは自然破壊はそのままに経済的成長のみを目的とする「近代化」に過ぎない。本来の発展とは、人間の可能性の発現を目標とする内発的なものなのである。

鶴見さんは、国家ではなく地域を大切に思い、江戸時代や南方熊楠、田中正造、水俣にも関心をもっていた。私はパーシバレーション（固執）という言葉も教わった。日本は前近代は経済発展のみに固執してそこから抜け出せなくなっているのだ、と。日本は前回の東京オリンピックからずっと、その固執の中にいるのかもしれない。

（'21・8・25）

花の山姥

前回、故・鶴見和子さんの山百合忌の講演について書いた。今回は、その講演のあとに行われた音楽劇のことである。

笠井賢一氏の構成・演出による「花の山姥（やまんば）――鶴見和子の生涯」という音楽劇なのだが、学者の生涯を伝記的かつ学問的な言説を含めて演劇にできることに驚いた。

東京・青山の銕仙（てっせん）会能楽研修所で行われ、能の方法が基盤になっている。従って三味線、箏（そう）、歌、キーボードを担当した佐藤岳晶氏も、能管、尺八、オークラウロ（金属製の多孔尺八）を担当した設楽瞬山氏も、舞台の上での演奏だ。

山姥を能役者の野村幻雪が、鶴見和子役を金子あいが、鶴見と語り合う石牟礼道子役を坪井美香が演じた。脚本を読んだ時には「この言葉が演劇になるのか？」と疑問に思った。しかし私は見ながらついに滂沱の涙。

学者の言葉に見えていた言葉群は和歌の言葉と混じり合い、全体が和歌の世界と化し、生と死を行き来する能の世界に溶け込んだ。言葉を耳で聴き体感することがもつ可能性の大きさを肌で感じた。

どんな人の生涯でもこのような演出にできるとは限らない。鶴見さんは学者であるとともに一五歳のころから国文学者で歌人の佐佐木信綱に入門し、短歌を教わっていた。つまり歌詠みであった。しかも日本舞踊の踊り手でもあった。これは、「和子が根無し草にならないように」という父親の配慮だったという。日本の音曲、舞踊、和歌俳諧などを身につけさせるという、江戸時代であれば当然のようにあった親の選択は、もはやまれであり、実に羨ましい。歌の言葉は鶴見さんの神髄にしっかり刻み込まれ、脳出血で倒れた後に、全き歌詠みになったという。

演出は短歌が生かされ、石牟礼道子との対話や死の間際の弟、妹との対話も目の前にいるかのようにリアルでありながら歌の言葉であり続けた。まことに貴重な体験だった。

（’21・9・1）

見えない江戸東京を見る

総長在任中、法政大学にミュージアムを設立した。七日からそのＨＯＳＥＩミュージアムで、江戸東京研究センター（ＥＴｏＳ）による展示「〈人・場所・物語〉――"Intangible" なもので継承する江戸東京のアイデンティティ」が開かれている。Intangible とは、目には見えないが存在するという意味だ。

江戸と東京は大火、水害、震災、戦災、埋め立てなどで幾度も景観の消失や変貌を余儀なくされてきた。では長い歴史を形にとどめているヨーロッパの諸都市と比べ、歴史は断絶・消滅したのかといえば、そうではない。江戸・東京の底には古代から流れ続けている水流があり、起伏に富んだ地形や郊外の自然、地名、そして場所にまつわる物語や伝承、都市伝説が残っている。それらを示す神社やほこら、寺や表示物も、あちこちにある。失われた景観を見せてくれる絵画や浮世絵も、変わってしまった地理を思い出させてくれる地図もある。そしてそこに暮らした人々の活躍とにぎわいを、多くの文献や文学が伝えてくれる。

展示は構内の四会場に及ぶ。コア・スペースのテーマは「水都」だ。江戸初期の湊(みなと)に面した芝居町、江戸城内の水の能舞台、神田川沿いの仮設舞台を建築模型とコンピューターグラフィックスで復元する。江戸は水都だった。東京にも、その水辺を取り戻したい。

博物館の展示室では、水辺の営みを記憶と物語でたどる。ボアソナード・タワー最上階では、建物の記録や町のフィールドワークなど今を探る。家空間の資源活用に関する学生の数々の提案から、未来の東京についても考える。

ＥＴｏＳの研究活動は都市環境、建築史、歴史学、地理学、文化史、文学など多岐にわたる。それらの研究をつなげ「持続可能性を優先した定常型社会のありかた」を考え続けている。今回はその研究の一端を示し、価値観の転換を促したいのだ。

（'21・9・8）

新・江戸東京学

前回は江戸東京研究センター（ＥＴｏＳ）の展覧会のご案内をしたが、その関連で九月一九日と二六日には、シンポジウム「ＥＴｏＳがつくる新・江戸東京研究の世界」が開催される。

「新・江戸東京研究」とは何か。展覧会カタログに、ＥＴｏＳの初代センター長だった陣内秀信氏は、こう書いた。「都市の過度の近代化、開発で失われたものとして、自然との対話、歴史との対話、人と人の関係（コミュニティー）があったと思われる。それらを回復し、新たな時代を切り拓（ひら）くのに、我がＥＴｏＳが提唱する『新・江戸東京研究』が大きな力を発揮すると考えている」と。

思えば一九八〇年代には、江戸東京学が隆盛した。建築史家でイタリア・ヴェネツィアの専門家だった陣内氏は八五年に水都・江戸東京に注目して『東京の空間人類学』を刊行し、サントリー学芸賞を受賞。私は八七年に『江戸の想像力』で芸術選奨文部大臣新人賞を受賞した。そのころ、江戸と東京を連続的に捉え、研究分野も超えた「江戸東京学」が興り、研究者の交流が盛んになったのである。ようやく江戸の価値観から現代を見直す動きが出てきたのだった。

しかし、日本全体はその後も経済優先で開発にまい進し、原子力事故が起こり、地球温暖化は進み、いよいよ豪雨と新型コロナウイルスのパンデミック（世界的大流行）の時代に突入した。これからも何が起こるかわからない。

危機の時代だからこそ、以前の江戸東京学を超えねばならない。新・江戸東京学は世界競争と消費経済の向こう側を目指す。江戸よりさらに前の古代まで深く潜り、江戸の範囲を超えて郊外の自然にも目を向け、いかなるコミュニティーが形成されていたかを、注意深く発掘していく。発見しようとしているのは、共に作ってきた文化であり、奪い合うのではなく共有してきたコモンズの価値観である。

（'21・9・15）

江戸人の頭の中を再現

もう終了してしまったのだが、東京ミッドタウン・ホールで開催されていた「北斎づくし」には、現代に江戸文化を伝える者として、見習うべき発想が多々あった。一言で言うとこの展覧会は、江戸人が北斎の絵に見ていた世界、つまり北斎の絵を見た時に頭の中で展開した世界を、空間に再現したものであった。従って、会場にいる間中、江戸人の頭の中を歩いていたというわけだ。

それはとりもなおさず、北斎が富士山を見たり、人を観察したり、動植物を眺めたり、物語を読んだりしている、その頭の中にいた時間でもあった。

展示作品は全て刊本で、そのほとんどは現代でも本になって売られており、珍しいものではない。しかし、たとえば『北斎漫画』の部屋には床から壁にかけてぎっしり

『北斎漫画』の断片が描かれ、天井からもぶらさがっていて、尽くすとは何か、が空間に充満している。その中を歩きながら、刊本『北斎漫画』のページを眺めると、なるほど江戸人はこのように驚がくに包まれながら見ていたのだと分かる。

他の部屋では壁いっぱいに絵を映写していて、それは動き続けている。部分的な動きに過ぎないが、北斎の絵は絵の中の人間が動いて見えるのだ。さらにそこに音が加わり、静止画を見る者には動画として再構成される。

江戸時代の人々が北斎の本の絵を見ながら感じ取った激しい動き、ぎっしり詰め込まれたページに見える多様な人間のありよう、角度が少し異なるだけで違って見えてくる人間の多面性、その枠組みとなっている「尽くし」という様式。これらを現代の人間が感じ取るには、なるほど、これだけの仕掛けと編集が必要なのである。逆に言うと、現代人は江戸をもはや独力では読み取れなくなっている、ということだ。江戸人の頭の中の再現は、やはり、やらねばならない。

（'21・9・22）

首相が代わっても

今ごろ、自民党総裁選の投開票が行われ、事実上の新しい首相が決まっていること
だろう。しかし同じ党から出てくるわけで、誰になろうと、たいした違いがないよう
に思える。日本はリーダーが交代しても、価値観も政治手法もほとんど変わらない国
なのである。米大統領選のように正反対とは言わないまでも、大きな価値観の変化が
生まれるのであれば関心を持たざるを得ないが、わずかに変わるのが発信力の強弱程
度であれば関心はしぼむ。しかし、メディアはまるで大きな変化が来るように言いは
やして部数を稼いでいる。

江戸時代でも本質的な政権交代はなかった。将軍は徳川家の本流や傍流で決まるの
であるから関心の持ちようがない。天皇家はもっと見えない世界で、今のように、皇

族の女性の恋愛・結婚をマスコミがよってたかって餌食にする、という状況は考えられなかった。皇族は現代より江戸時代の方が、まだ人権が守られていたということなのではないだろうか。

江戸時代中期になると、実質的な権力を握るのは、将軍ではなく老中であった。中でも、明確な方針をもっていた田沼意次のような老中がいると、その方針に反発を抱く勢力もいた。意次は印旛沼の干拓や蝦夷（えぞ）地の開発などを手がけただけでなく、朝鮮人参（にんじん）や砂糖の国産化、和更紗（わさらさ）の生産、羊毛の試作など、さまざまなものの国産化を実現した。農民から年貢を取ることより、税金を支払っていなかった商人に問屋仲間を作らせてそこから運上金を取ることや、民間の発案を積極的に採用することに力を入れた。しかし幕府の人事は幕府内で進められた。時に、大きな成果を上げた人であってもそれがひっくりかえると、社会の空気もずいぶん変わったものである。

今の日本で何かを変えるには、国民がそれぞれの理想と社会像を持ち、もっと声を上げるしかないだろう。それはまさに、これからなのである。

（'21・9・29）

今日から晩秋

今年の一〇月六日は旧暦でちょうど九月一日にあたる。月の出ない朔日（さくじつ）であると同時に、いよいよ晩秋に入った。江戸時代は今より気温が低かったので、「肌寒」や「冷まじ（すさまじ）」「秋深し」という季語がぴったりだったろう。食にかかわる季語では「新酒」や「濁酒」や「柿」が使われ、稲刈りが終わって村芝居の季節になる。遊山に出かけるなら「紅葉狩（もみじがり）」である。

着物は現代においては、一〇月になると単衣（ひとえ）から袷（あわせ）になり、襟も絽（ろ）から塩瀬（しおぜ）になる。九月のある日、「その着物はどういう特徴があるのですか？」と聞かれて、「ひとえの着物で萩（はぎ）の文様です」と答えたら、「ひとえでないものはふたえというのですか？」と言われてこちらがびっくり。まぶたじゃないのだ。袷という言葉はもう知られていないようだ。一枚の布だけで着るのが「ひとえ」で、二枚の布を合わせて縫うので「あわせ」なのである。江戸時代は旧暦の九月一日から袷になった。今年で言えば一〇月六日で、現代ではまだ暑い日もある。寒冷だった江戸時代だからこその着方である。

この後、現代ではずっと袷だが、江戸時代では九月九日（今年は一〇月一四日）になると、二枚の布のあいだに真綿を入れる「綿入れ」という作業を行い、半年にわたって綿入れを着続ける。過剰な暖房は不要で、衣類で暖をとるのは合理的である。

着物についての会話では、萩文様についてそれ以上聞かれなかった。関心もないのだろう。萩は初秋の季語である。季節の植物が配されていると短い間しか着られないのだが、それでも季節をまとうのは特別な気持ちがする。

着物については、今までも季節が変わるごとに書いてきた。少しでも日本文化を知っていただきたい。見事な文化を蓄積してきたのである。忘れるのはあまりにももったいない。

（'21・10・6）

企業の教育改革支援

東京には六義園など江戸時代からの大名庭園がある。明治以降、三菱を起こした岩崎弥太郎が買い取ったもので、失われずに現在でも庭園を保っている。

その三菱グループは二〇二〇年に創業一五〇周年を迎え、それを記念して一九年一〇月には一般財団法人「三菱みらい育成財団」が設立された。この財団は活動期間を一〇年に限り、総事業費を一〇〇億円とした。目的は教育改革。高校生を中心とした一五歳から二〇歳の世代に着目し、高校や大学、民間の教育機関やNPOにおける独自の教育プログラムを支援する。それを幅広く横に展開し、一〇年間で教育を変えるという大規模な企画だ。

確かに一〇年で変わらなければ日本のこれからはこころもとない。指示された目標をただ学習して良い成績をとれば生きていかれる、という価値観では、これからは生きていかれないからだ。それぞれの能力を思い切り伸ばす。関心をもった新しいテーマに自ら取り組み、とことん考え、失敗しながらチームで乗り越え、社会を変える。その能力と姿勢が、すべての分野で必要になっているのである。

先日、支援対象団体による第一回の成果発表会があった。高校の現場や民間の教育事業者が作った「心のエンジンを駆動させるプログラム」の事例などが紹介された。卓越した能力を持った子供たちの「異能」を発掘するプログラムもある。今までは実施されてこなかった斬新で独自性のあるプログラムによって、生徒たちが楽しんでものを考え、創造に向かっていけるかどうか。それが評価の基準なのである。そして高校や社会の現場で、その方法が定着する仕組みとなっているかどうかも基準となっている。

学び方を変える支援活動は、大人たちの価値観を変え、働き方を変えていくであろうし、文部科学省への政策提言の契機にもなる。社会的インパクトになるよう期待したい。

（'21・10・13）

遊廓と日本人

講談社現代新書『遊廓と日本人』を出版した。テレビアニメ「鬼滅の刃」の次の舞台が吉原遊廓なのだという。「子供にどう説明すべきか」という問題があり、急きょ執筆を依頼された。確かに遊廓について説明するのは難しい。

遊女の歴史は古代にさかのぼるが、遊廓の歴史は江戸時代からで、一九五七年の売春防止法施行まで存在した。吉原だけで三〇〇年以上続いたことになる。京都、大坂、江戸の公認の遊廓には二つの側面があった。一つは書、和歌、俳諧、三味線、琴、唄、踊り、香、生け花、茶の湯、着物、くし、かんざし、年中行事など日本文化の根幹にかかわる文化が集中したことだ。歌舞伎との関連も深く、浄瑠璃、物語、浮世絵、その他多種多様な出版物の源になった。

しかし他方で、遊女は家族に支払われた「前借金」を返済するために働かされる存在だった。客の金はその多くが妓楼(ぎろう)に支払われ、借金は簡単には消えない。客が味わうぜいたくとは裏腹に、貧しい食生活と無理な飲酒や喫煙で健康を損なうことも多かった。女性たちにとって何より苦痛なのは、望まない相手との性関係である。しかし、それが自ら承知の上での借金の結果だと言われれば、今でいう「自己責任」のようなもので、逃れるのは難しかった。

明治になって一八七二年に一切の解放と身代金即時解消を伴う解放令が出されたのだが、実際には遊廓は残り、植民地にまで広がったのである。それはやはり借金とその返済が絡むからだった。

本書では、遊廓には日本文化が集中的に表現された側面があり、家族との関係では女性たちが犠牲になり続けた歴史があることの両面を書いた。遊廓は二度と作られてはならない場所であり、二度と作りだしてはならない仕組みである。しかし、まだまだ世界中には、金銭を媒介にした女性への暴力が満ちあふれている。

（'21・10・20）

刀剣という難問

会期の終わりが迫っているのだが、サントリー美術館で「刀剣　もののふの心」という展覧会が三一日まで開催されている。展示されている刀剣やなぎなた、それを扱うシーンを描いた合戦絵巻や合戦びょうぶ、平家物語の絵巻や扇面、そして浮世絵の武者絵などに、思わず見入ってしまった。実物の刀剣やなぎなたとともに絵を見ることで、絵の中のシーンが現実味を帯び、その出来事の現場に引き込まれる。なぜなのだろうか？

刀剣の持つ力の一つに「個性」がある。一振りとて同じものはなく、その成り立ちから表情まで、それぞれが唯一の存在なのだ。それ故か、古代から刀剣には霊性があるとされてきた。生き物のように考えられてきたのである。しかしながら、刀剣は私にとって論ずることの難しい「難問」のひとつである。

今年四月二一日のこの欄で「刀剣」というコラムを書いたのだが、その時も「剣に相当するものを我々は持たない」ことを述べ、「江戸文化は難問だらけだ」と結んだ。刀剣は江戸時代の人々にとって何であったのか、まだ納得しきれていない。にもかかわらず、実物を目の当たりにすると、人と会っているような気がする。

二〇一五年に配信された人気ゲーム「刀剣乱舞」には、刀剣が擬人化されて登場する。それを育てる刀剣育成シミュレーションゲームで、今回展示されている名刀「骨喰藤四郎」や「秋田藤四郎」「膝丸」も擬人化されている。ゲームでは大太刀、太刀、剣、打刀、脇差、短刀などの分類もなされており、使われた時代や合戦の歴史に沿って配置されている。

会場には、刀剣に関心のある若者の姿が目立つ。ゲームはアニメ、実写映画、舞台などさまざまな広がりを見せている。そうした多様展開が、これからも日本文化の各方面で起こると面白い。江戸文化はまさに古典の多様展開で育ったのだ。


（'21・10・27）

組紐

松岡正剛さんの編集工学研究所ではさまざまな出会いがある。最近ではダンスパフォーマーのような雰囲気の若い組紐師、福田隆太さんが目の前で紐を組む過程を見せてくださった。お父上は「現代の名工」の福田隆さんである。組紐の歴史についてさまざまうかがっているうちに、日本文化における組紐の重要性に気づき、改めて関心が湧いた。

今や帯締めしか思い浮かばないが、江戸時代では刀の下げ緒や柄巻に刀袋、茶道具の箱や手箱にかける紐、掛け軸を巻く紐、羽織の紐、印籠やたばこ入れを下げる紐など、あらゆるものに組紐は必要だった。江戸時代の公家も冠の紐、はかまの紐のほか、太刀をはく時には長大な組紐を使った。音曲の世界でも小鼓の音締めの紐や吹奏楽器の飾り、楽器袋の紐などはなくてはならないものだった。江戸時代初期では帯そのものが組紐でできていた。組紐を五重、六重に胴に巻き付けて帯にしていたのである。やがて帯は幅広の布を結ぶ方式になり、紐はいったん不要となる。しかし、深川芸者が太鼓結びを発明したことから、今度は帯締めが必要になり、今日に至る。

組紐は一五〇〇年ごろは、手で糸を引っ張りながら足で足打台のヘラを動かして組んでいく方法だったことが、『七十一番職人歌合（うたあわせ）』の絵図から分かる。一六九〇年の『人倫訓蒙図彙（じんりんきんもうずい）』でも同じで、職人の名称も「足打」とされている。だが、一七九七年の『職人尽発句合（しょくにんづくしほっくあわせ）』では「組物師」と呼ばれ、現在と同じ丸い台で組んでいる。多くの組紐を必要とした江戸時代の間に技術が進歩したのだ。

和装の世界には便利で美しいものが多く、私は洋服でもベルトの代わりに帯締めをしている。東京都初の女性市長であった元国立市長の上原公子さんに至っては、組紐作りにプロ並みの腕をお持ちだ。日本の工芸品には新たな舞台で活躍してほしい。

（'21・11・10）

「家」が途絶えたら

上田秋成は『雨月物語』の中で「孟子の書ばかりいまだ日本に来たらず」と書いた。孟子には、「人民から見放された皇帝は討ってもよい」という革命論があった。これを「放伐」という。日本は放伐を受け入れなかった。天皇家の世襲によって、国を統治したからである。

江戸時代、天海と藤堂高虎が論争をした。天海は天皇と公家を伊勢の神主にすべきだと主張した。幕藩体制の完成のためにはまっとうな考え方だ。しかし、高虎は、家康が天皇を補佐してこそ諸大名は屈服するのだと反論し、もし天皇と公家を伊勢に配置したなら諸大名はたちまち蜂起して再び内乱状態に陥るであろうと主張した。家康は高虎の進言に従った。

近代に至り、明治憲法によって天皇制が正式に成立した。そして「万世一系」「男子長子継承」を核とした。しかし、近代の一夫一婦制の中で、こんな仕組みを作ったら、そのうち天皇家が立ち行かなくなることは誰の目にも明らかではなかったか。そして今、それが現実のものとなりつつある。

私は眞子さんの結婚をマスコミが過剰にたたいたことに「不快感」と「不可解感」を持った。不快感は、ヘイトスピーチやSNS上の暴力や「いじめ」に感じるものと同じである。一方の不可解感は、なぜこれほど執拗(しつよう)に非難するのか理解できないという意味だが、「万世一系」から推測してみた。女性天皇を認めない自民党の方針のほか、雑誌記事の背後には天皇制廃絶への道筋が用意されているのではないか、と。マスコミによる複数の女性皇族への執拗な非難は、女性がそこにいられない、また皇室へ嫁すことが困難な環境を作り出した。そうなると子孫はできない。万世一系とは、天皇家が途絶えたら天皇制がなくなるという意味だ。一部のマスコミはその方向に尽力し続けてきた。背後には何らかの力が働いているとしか思えない。

（'21・11・17）

白土三平さん

漫画家の白土三平さんが先月、亡くなった。私には『カムイ伝講義』（ちくま文庫）という著書があり、いくつかの新聞社からインタビューや追悼文の依頼がきた。そして改めて、白土さんの「自然環境」への思いとその関わりの深さを実感した。

『カムイ伝講義』の扉写真の一枚に、千葉・房総の海を背景にして白土さんと二人で写っているものがある。二〇〇七年、白土さんの『カムイ伝全集』（小学館）の刊行が終わる頃、館山の海辺にある仕事場を訪ねた時に撮影した。白土さんは海と釣りと料理が大好きで木彫りや陶器の制作もなさり、動植物や山や魚に詳しかった。

私が大学の講義に『カムイ伝』を使ったのも、江戸時代の農業や漁師、マタギの日常とその仕事の手順を、実に詳細に劇画で描いていたからである。さらに武士階級、特に下級武士のつらさ、一揆によって明確な要求を行いながら、技術革新を重ねる農民たちの知性の高さ、職人としての技量を持った被差別民たちの仕事、自然破壊によってもたらされる悲劇など、江戸時代について学生に学んでほしいことが山ほど描かれていた。

カムイというと忍者を思い出す人が多いかもしれないが、それは『カムイ伝』からスピンアウトした活劇ものの『カムイ外伝』や『サスケ』を読んでいた読者であろう。私は少年漫画を読まず、やがて漫画そのものから遠ざかったので、それらになじみがなかった。『カムイ伝』は大学生時代に誰かから「読んだほうがいい」と手渡されて読んだが、活字の方が楽だったので、「講義」で取り上げるまで、それきりになっていた。

江戸時代の生活を「描く」ことができる人は、「書く」ことができる人より、その現実がよく分かっている。白土さんが描いた漁や一揆といった群衆シーンは、その迫力に圧倒される。

自然の中に帰って行かれた白土さんのご冥福を、心からお祈りしたい。

（'21・11・24）

着物と数字

晩秋になると、着物を着る機会がさらに増える。そういう時、不思議な質問をされることがある。例えば「着物は何枚持っているのですか？」という問いだ。もし、いきなり「あなたはスーツを何組持っていますか？　ワンピースはどのくらい？」と聞かれたら、気色が悪い。とっさには答えられないのではないだろうか。「自分が聞かれたらどうだろう」と思えば、困る質問だと気づくはずだ。

着物も同じなのである。その質問の意図は、着物をぜいたくの対象として捉え、経済力を探ろうとしているのかもしれない。だが私の着物の多くは母のお下がりで、さらに着物の会社がスポンサーになってくださっていることもあり、お金はあまり使っていない。たまに思い切って帯を購入する程度である。不思議なことに着物の数を問う人は、帯の数を問わない。

もう一つの質問が「どのくらいの時間で着るのですか?」である。その基準は「早いほど着なれている」という意味なのだろうから「一五分」と答えると、「さすが!」で会話を終わりにできる。

実は、所要時間はどこがスタート地点なのかによって異なる。これから着物と帯、帯締め、帯揚げを選ぶのか、しわやシミの点検はしたか、じゅばんに襟をつけ終わっているかなど、どこから始めるのかによって時間は変わるのだ。

子供の頃に読んだ『星の王子様』を思い出した。この本は「数字」について多くの皮肉を書いている。「大人たちは、数字を見れば安心する」と。友だちのことを話すと、どういう遊びが好きかは聞かないで、何歳か、兄弟は何人か、お父さんの年収はいくらかを聞いて、分かったつもりになる。美しい家について話しても理解できず、家の値段で感心する、と。

江戸時代は着物を数字で判断しなかった。染め変え、縫い直し、繕いなどをするからだ。どれほど手入れをしたかが、価値だったのである。

(’21・12・1)

母親大会

「日本母親大会」という組織がある。一九五四年、ビキニ環礁でアメリカの水爆実験が行われた。広島型原爆の約一〇〇〇倍の核出力を持つ水爆が爆発し、日本のマグロ漁船「第五福竜丸」をはじめ一〇〇〇隻以上の漁船が被ばくした。このとき女性解放に尽力してきた平塚らいてうらが原水爆禁止を訴え、大きな運動になった。それと連携して五五年、核戦争から子供の命を守ろうとの呼びかけから、日本母親大会が誕生したのである。同年七月、世界六八カ国が参加して世界母親大会がスイスで開催されている。

六六回目になる岩手県の母親大会で講演をした。こんなに長く続いているのである。私はこの講演で、らいてうの再評価をすべきだと話した。らいてうは個々の女性が持っているそれぞれの才能を開花させることこそが大事なのだ、と述べた。それが一一年に文芸誌『青鞜』に掲載された「元始、女性は太陽であった」という文章である。

らいてうはその後、婦人参政権や原水爆禁止運動に取り組んでいくのだが、その間に歌人の与謝野晶子と「母性保護論争」を行っている。らいてうは、子供は社会のものでもあるのだから、社会は育児に手を差し伸べるべきだと主張した。晶子は、子供は親のものでも国のものでもなく一個人であるのだから、援助を求めるべきではないと主張した。

どちらも正しい意見だと思うが、現在、保育園をはじめとして社会は育児を援助している。そうでないと女性は働くことが難しい。家が仕事場でもあった江戸時代は、家族とお手伝いさんがいれば働きながら育児ができた。近代以降、母親たちは子供を守るために外で働き、家で育児するだけでなく、戦争や原爆実験にも対峙(たいじ)しなくてはならなくなったのだ。そして今は、当然ながら父親も、子供の命をどう守るかを考えるべき時代になっている。

（'21・12・8）

落語と長屋

一一月二三日、法政大学江戸東京研究センター主催で、シンポジウム「落語がつくる『江戸東京』イメージ」が開かれた。

シンポジウムでは、「長屋」の存在について考えさせられた。

まず表通りに並んでいる「表店（おもてだな）」がある。「店」とは店舗とは限らず、家屋一般の意味だ。江戸時代では店の背後が住まいになっていることが多く、店と家は同じ建物だったのである。それらの家の裏に面している地帯が裏店で、その空間に壁一枚隔てて住居が建ち並んでいた。瓦ぶきの表店や蔵に囲まれるようにして、板ぶきの長屋があったのだ。

従って長屋は江戸の一般的な住まいであり、平屋もあれば二階建てもあり、極貧の家もあれば中流ともいえる家もあった。上水道が整えられて井戸が設置され、肥料として買い取られていくくみ取り式の共同トイレが複数あり、大きなゴミためもしつらえられ、各家には流しやかまどがあって必要なインフラが整っていた。

しかし落語では、長屋といえば貧しい一帯というイメージになっている。実際には、演目「三軒長屋」のように、とびの頭や剣術指南が暮らす中流の長屋もあれば、演目「長屋の花見」のように自ら「貧乏長屋」と称する貧しい長屋もあった。共通点は、家主（あるいは代理の差配人）が一種の町役人として住民をまとめ、相談にも応じる役目を担っていたことだ。

そこで大家と店子（たなこ）が結びつき、演目「大山詣（まい）り」のように店子が共に参詣し、演目「孝行糖」のように皆で与太郎に仕事を作ったりもする。現代のようにアパートの大家と借り手が家賃だけで結びついている関係から見れば、そこには人間的結びつきがフィクションではなく、確かにあった。

長屋は多くの人にとって仕事場でもある。仕事場兼住まいとして、町の中にコミュニティーをつくり出すことは、これからも可能であろう。

（'21・12・15）

浮世絵劇場

「浮世絵劇場 from Paris」という目の覚めるような展覧会が、二〇二二年四月一〇日まで、角川武蔵野ミュージアム（埼玉県所沢市）で開催されている。

浮世絵を展示してあるわけではない。浮世絵のパーツを組み合わせて全く別のデジタルアートを創造しているのだ。私は九月二二日のこのコラムで「北斎づくし」展に言及した。そのとき「現代に江戸文化を伝える者として見習うべき発想が多々」あり、「江戸人が北斎の絵を見た時に頭の中で展開した世界を空間に再現したもの」だ、と書いた。

「浮世絵劇場 from Paris」では、さらに膨大な浮世絵を使って空間全体を包み込むダイナミックな映像にしている。制作はパリのダニーローズ・スタジオ。デジタルアーティストやプログラマー、音楽家らの集団である。会場では全身がドビュッシーの「海」などの音楽にも包まれる。そもそも浮世絵は、このようにパーツを使い尽くすメディアだった。例えば『北斎漫画』は絵手本と言われるパーツ集で「どうぞお使いくださいい」という冊子である。しかし、近現代になって日本人は浮世絵を使わなくなった。

展覧会の紹介文の中には「浮世絵は過去のものではありません」という一文がある。その証しとして、日本の現代浮世絵師たちの作品なども展示している。浮世絵はビジュアル系ロックバンドと相性が良いから、その方向に使いこなすこともできたのだ。ダニーローズの作品は、浮世絵の波のうねり、海中の魚類、空を飛ぶ鳥たち、変化する雲、光を変える富士、旅人、森、変化する動物、花々、扇子、障子、障子の陰から現れるさまざまな人物、その着物、文様、家紋……などをスピーディーに動かしている。

浮世絵は江戸時代から、つまんで活用するメディアである。あらゆるジャンルで、もっと活用すべきなのだ。

（'21・12・22）

あとがき

私は法政大学総長に就任した二〇一四年から、日々の記録をつけていた。総長としての記録とともに私的な記録もつけ、その「総長として」の部分のみ、大学のホームページで「総長日誌」として公開していた。一五年の四月からは、そこに毎週、毎日新聞の連載コラム「江戸から見ると」の執筆が加わった。この連載では、私の思考の基準である江戸時代のものの考え方、社会のあり方、季節や時間の流れ方等々から、今を見るとどう見えるか、を意識化していった。

過去の歴史や文化は何の役に立つのか、と時々聞かれる。大いに役に立つ。自分の中に複数のまなざしが創られるからだ。私が大学時代に初めて江戸文学に出合った時、その「自我」観の違い、人間像の違い、創造過程の違い、自然との関係の違いに驚愕した。その時から数えておよそ百年前の日本が、異国に見えた。

　総長になってから法政大学創立者の出身地である大分県杵築（きつき）市に行き、私塾「咸宜園（かんぎえん）」で名高い日田（ひた）市にも寄る機会を得た。私は両市で、近代の教育組織にはない藩校や私塾の存在意義の大きさを、改めて感じ取った。それは、受験や就職や出世や金儲けのためではなく、「まともな人間」になるために学び続けた多くの人々がいた、という事実である。「学校とは何か」について、改めて考える機会となった。

　戦前の日本と戦後の日本も、人権や個人や社会の価値観が全く異なる。しかしその変化に無知であると、現在の自分を全面肯定したいがために、戦前の日本人の行為を無かったことにし、「日本人の誇り」などという言葉の中に閉じこもることになる。また明治維新以降は一貫して欧米化だけを肯定し、江戸時代の日本を恥として切って捨ててきた。どちらも、実につまらない生き方だ。日本文化の豊かさの恩恵を受け損なっている。数々の失敗の体験を学び損なっている。

　戦前の歴史で言えば、総長になって初めて肌身に染みたのが、学徒出陣のことである。目の前で学生たちが兵士となって戦場に行くのを、自ら奨励して送り出したのである。その時、総長たちは何を考えていたのだろうか？　それはもう、ひとごとではなかった。私なら耐えられない。絶対に戦争を起こしてはならない、という思いはごく身近な事柄としてひときわ強くなった。

どこの歴史でも、いつの歴史でも良い。やはり歴史を知ることは大事だ。視野が広がり、多面化する。異なる時代の異なる失敗の只中に立つこともできる。自分の中に江戸時代をしつらえておくことで、私はそう思えるようになったのである。

本書では「江戸から見ると」二〇二〇年〜二一年を収録したが、連載は二三年三月まで続いた。そこで二二年〜二三年（最終回まで）を、来春刊行することになっている。題名はやはり連載の一文から採って『言葉は選ぶためにある』。日頃の苛立ちを攻撃的な言葉にしてSNSで拡散する人々は、頭に浮かんだ言葉をそのままつぶてのようにぶつける。言葉を選ぶことこそ、生きることの面白さにつながるのに、残念だね、という一文である。ぜひこれも手に取っていただきたい。そして、いろいろ大変な日常ではあるけれど、少しでも粋（いき）に、面白く生きていこうよ。

二〇二三年一〇月八日　寒露

田中優子

死しもせぬ旅寝の果てよ秋の暮（芭蕉）

本書のⅠ・Ⅱは、『毎日新聞』で連載されたコラム「田中優子の江戸から見ると」の2020年1月から2021年12月までをもとに加筆修正しました。

田中優子（たなか・ゆうこ）
1952（昭和27）年神奈川県生まれ。江戸文化研究者。法政大学名誉教授。同大学江戸東京研究センター特任教授。法政大学文学部卒業、同大学院人文科学研究科博士課程満期退学。法政大学社会学部教授、社会学部長、同大学第19代総長を歴任。『江戸の想像力』で1986年度芸術選奨文部大臣新人賞（評論その他部門）を受賞、『江戸百夢』で2000年度芸術選奨文部科学大臣賞（評論その他部門）と2001年サントリー学芸賞（芸術・文学部門）を受賞。2005年紫綬褒章受章。『毎日新聞』紙上で連載されたコラム「田中優子の江戸から見ると」の2015年〜2017年を『江戸から見ると 1』、2018年〜2019年を『江戸から見ると 2』として、いずれも青土社より刊行。

女（おんな）だろ！　──江戸（えど）から見（み）ると

2023年11月15日　第1刷印刷
2023年11月25日　第1刷発行

著　者　田中優子（たなかゆうこ）

発行者　清水一人
発行所　青土社
〒101-0051　東京都千代田区神田神保町1-29　市瀬ビル
電話　03-3291-9831（編集部）　03-3294-7829（営業部）
振替　00190-7-192955

印　刷　双文社印刷
製　本　双文社印刷

装　幀　木下 悠

©Yuko Tanaka 2023
Printed in Japan
ISBN978-4-7917-7602-3